大人の女が美しい

長沢　節

草思社文庫

＊本書は、１９８１年に当社より刊行した著作を文庫化したもので、内容は当時のまま掲載しました。

大人の女が美しい

長沢 節

目次

1　大人の愛・その恋愛作法

愛にギヴ&テイクはない

かつて私が結婚適齢期といわれた二、三十代のころ、「人間が結婚するのはどうもおかしい」と考えたのは、きわめて少数であった。それで友だちともよく議論をしたものだ。少数派の私はいつも孤軍奮闘で、たくさんの人からやりこめられてばかりいた。どんなにやりこめられたかっこうでも、本心で「ナルホド」と思わせるギロンには、今までついに出っくわさなかった。

たぶん『新女苑』だったか、戦前の婦人雑誌ではいちばん翔《と》んでるといわれていた月刊誌だが、その中に「結婚と恋愛は一致する」とかしないとか、今から考えれば実に幼稚な座談会があった。実はその中になぜか私も加わって、今は亡き亀井勝一郎先生に一人で食ってかかったものなのだ。

まだ恋愛結婚なんていう言葉が新鮮だったころだから、男と女が結婚するのに必ずしも愛しあわなければならないなんては思わないのが普通だったようで、好きでもない人や見たこともない人と結婚するのが大勢、それでも人は結婚するとだんだん好きになるものなんだと聞かされていた。すごい楽天主義のようであったが、今から考えてみると、結婚とはもともとそういうものなんだろうと、かえって納得がいく。

むしろ愛しあって結婚などしたら、いつか愛さなくなったときにどうなるんだろうと、その心配のほうが先に立つ。結婚でなくたって、何かのために人間がどうしても誰かといっしょに暮らさなければならないとなると、惚れあってる人などより、むしろあまり惚れあわないで、いっそいつまでも他人行儀を続けられるような相手のほうが、万事よく相談しあったりして生活はウマくいきそうだからである。つまり今ふうルームメートみたいでもあるし、いわば共同生活株式会社でもいい。そこに、もしあまりにも感情がからんだりしたら、かえって生活は成り立たなくなるだろう。

しかし若かりし私はそんな大人の考えにはとても及びいたらなかったわけで、「人を愛するたびにいちいち結婚しなければならなくなったら、いったい何べん結婚しなければならないか、そんな面倒なことは不可能だと思います」などといったものだから、その場はシラけた。というのは人間は一生に一人しか愛せないんだといわんばかりに、「ほんとに愛してるなら結婚すべきです」といった結論がそこに出かかっていたからだと思う。愛は唯一絶対だといったなにか信仰のようなものが大勢を占めており、みんな神様にでもなったような、その信念の強さというのか、またはそのノンキさには、とても私はついていけなかったのである。

愛がそんなに不動であるはずがない。しかし世間では「永遠の愛」とか「ともに白髪の……」などという言葉が、たとえ本気でなくても使われているところをみると、心の隅ではみんな愛がそうあってほしいなんて思っているのかもしれない。

なぜ愛は短くてはいけないのか。愛の価値判断を時間の長短で計るのははたして正しいのだろうか。たとえば激しくて短かった愛を過去に経験された方は、それがつまらない愛だったなんて軽く片づけることができるだろうか。なにか反対のような気がしてならない。

むしろ愛は必ずしも激しく燃えない場合があり、小さな細々としたのや、ちょろっと燃えかかっていつの間にか消えてしまったのや、人の一生には実に様ざまの愛があるわけで、それらを不純だの浮気だのと他人が一概に決めつけるわけにもいくまい。

これは趣味の問題だが、私はいわゆる大恋愛《グラン・タムール》に弱く、むしろあまり相手に迷惑をかけない、小さな気軽な恋が大好きなのだ。そしてそんなのをしょっちゅう、そしてできるだけたくさんやって生きていきたいと思う。

小さくてキレイでいつも楽しくて、決してどろどろした悲劇調にはならないように不断の注意怠りなく、自制しながらの愛。たしかに私も昔は決して自制しなかった。愛は強いほどいいなんて思いこまされていた時期があったからだ。相手のことなど考えず、私はこんなに強く愛しているんだとばかり、相手かまわずありったけの情熱をさらけ出してしまう……。なんという身勝手な愛だったろうと思い、穴があったら入りたいくらいだ。

自分が必死で愛しさえすれば、その愛は岩をも通す……やがては相手にもそれが通じて、きっと私を愛するようになるだろうなんて、結局はギヴ・アンド・テイクというか功利的というか、そんなエゴイズムが通用するはずはないのだ。最後に私は必ず振られた。

だから人間を愛することに絶望した人が、よく犬猫を飼いたがるのではないかと思ったほどだ。人間に依存しないと生きていけないペットを愛するのは、まことに単純計算で、愛したら愛しただけ相手もよくなつくだろうが、相手が自由な人間のときはそうはいかない。好きになれない人にたとえどんなに愛されても、それでだんだん好きになれたらほんとにいいのだけど、なかなかそううまくはいかないから困るのである。

「真実の愛はひとつ」だなんて！

「風と共に去りぬ——真実の愛を求めてくり広げる壮大華麗な愛のドラマ」。あるテレビ局の広告だが、こんな新聞広告を見てるうちにフト変な気になった。宣伝文句としてはいかにも大ゲサで、ありきたりな文章だから、ふだんなら見逃してしまうところを、私のゴキゲンが悪かったせいか、今朝に限っていやにこの文句に引っかかってしまう。

「真実の愛」とはいったい何だ、とまず思った。女がそれをみつけるってことはなかなか大変らしいフクミをこの文章は持っている上に、しかも、真実なんてものはめったにないもので、もしそれをみつけたらその人はとても幸せになれる保証書か宝くじを手にしたようなもの、といった前提に立っているのではないか。もしそうでなかったら、なぜ人びとが「真実の愛」を求める波瀾万丈のドラマにそんなに胸をワクワクさせるのか分からなくなってしまうからである。たしかに世の中には宝くじが出れば必ずそれを買う人と、そんなものには見向きもしない人と二つのタイプがあるみたいだが、私はまさしく後者の例で、いまだかつて一度も宝くじみたいなものに触《さわ》ったことがない。

だからといって宝くじを買うタイプの人を私が軽蔑しているわけではないこともお断わりしておこう。それどころか私が今まで愛してきた人の中にはそんなタイプもいて、その人を私はとても新鮮な喜びで眺めていたことだってあるのだから。

次に、愛には「真実の愛」だの「嘘の愛」なんてものがあるのだろうか。嘘の愛っていったい何なのか。それが自分では急に思い当たらないものだから、たとえばテレビドラマなどをいろいろ思いめぐらしていくうちに、愛してもいないくせに愛してるフリをする嘘の愛というのがときどきあったことを思い出した。いわゆる夫婦の愛とか、よくいう倦怠期の夫婦みたいなやつだ。そうだとすると嘘でも愛してるフリをしなければならないという夫婦関係がすごくかわいそうなのであって、嘘を強いられている気の弱い当人たちにはむしろ同情こそすれ、とても悪口などいう気は起こらないのである。

もし「真実」をいってしまったら、相手が必ず絶望落胆するからなので、ほとんどの場合にそれは善意の嘘である。もしホントの嘘だったら、それはたとえば結婚サギか物盗りなどの絡んだ犯罪ドラマの類《たぐい》であり、もともとが愛などではなかった。愛そのものにはいかなる場合にも犯罪性はありえないというのが私の信念で、愛がもし誰かを苦しめたり悲しませたりするのなら、それは愛ではない別の何かなのである。だから愛よりも共同生活の経営や財産の絡みやすい結婚制度などのほうにむしろ犯罪が多発するわけだ。

地球上には数えきれぬほどたくさんの人がいて、とても一生かかっても愛しきれないほどのたくさんの幸福が満ち溢れているわけで、つまり愛はあらゆるところにゴロゴロ転がっているようなものだ。それを求めるのがとくに困難なこともないし、とくに珍しかったり美談だったりするわけもないのであって、それを求める「女の一生」なんていう悲劇的フィクションは、ことさらに女を不幸にしたがった古い男たちの願望ではなかったのか。

つまりこうなのだろう。男たちは、自分では美しい女にしょっちゅう真実の愛を感じてるものだから、しかもそれはいつも本気であって決して浮気などというなまやさしいものでないことを十分承知しているものだから、自分の女にだけは決してそうあってほしくないという、きわめて一方的な注文または願望を女性一般に向かって訴えるわけだ。

そうした男の偏見はなぜか世間に通用してきた。でなかったらこんな宣伝文句がさも当然のようにまかり通っているはずはないからである。男が女をさも品物みたいに独占するのがあたりまえとする風土の通念である。

愛してもいないのに愛してるフリをする「嘘の愛」は、ほとんどの場合、何かの理由でムリヤリ愛を約束させられてから発生するもので、独身で通した私にはまったく無用のことであった。「お前を一生愛する」だの、「何年間はきっと愛してみせる」だのと、愛の未来を易者みたいに予測する必要はまったくなかった。人間誰だって愛することもあれば愛さなくなることもあり、先のことは当人にだって分かりはしない。

だから西洋人の恋人たちは二言めには「アイ・ラヴ・ユー」というのである。昨日も一昨日もいってまた同じことを今日もいわずにいられないのは、愛なんていつ燃えたり消えたりするか分からない、まるで生きものみたいなもので、誰も一寸先の予測はつかないことを知り尽くしているからだ。だから毎日同じことをいってもらわないと不安でたまらないのも本当で、それほど不安定でいつもスリルに満ち、それだけに激しく燃えあがるというわけなのだろう。

だから愛に限っては「いま、お前を愛してる」という表現だけがいつも真実なのであって、明日や来年や一生など先の約束だけは良心があったら絶対にすべきではないと思う。

愛が長く続くのは一向に差し支えないし、また反対に短く激しくたっても差し支えない。要は二人がそれで幸福だったらいいことなのだから、それを他人がまるでメジャーで測るような批評をしてはならないと思う。二人は一生の間愛しあった……なんていうのが美談になるほど（私は美談とは思わないが）それが珍しい特殊な人間関係であることは確かだが、愛が美しいのは決してその時間の長さではないと思う。長さ短さの量よりもむしろ愛の質の問題だろう。

しかし、人間はなぜ人を愛さないではいられないのだろうかと考えていくと、まず人の愛とは自分よりも他人が好きになることであるようだ。自分を何よりも好きだと思ってる間は愛は決して発動しないものだ。幼児のように自分がエゴの塊でいる間は、自分や自分の分身にばかり情念が偏《かたよ》ってゆき、他人を受けつけようとはしないのである。他人を受け入れないばかりか他人を恐れ憎みさえする。だから親、兄弟、もっと大きく民族や国家にまで拡大された血縁集団のようなものは、その排他性によって戦争も大好きなのである。

だから私は自分の子どもだけを愛するような母性愛というものも、そのエゴイスティックな排他性のゆえに醜悪なものと考える。人は一刻も早くこの母性愛なるものを克服し、同時に自分の分身や血縁への、結局は自己愛からも独立し、そして他人だけを愛さずにはいられない孤独な一人の人間に成長しなければならない。あくまでも孤独な一人の人間としての自覚だけが、自分とはいかにも個性の異なった「他人」という存在に対して、初めて喜びを抱くのである。このいろんな個性と出会う喜びこそが「愛の真実」ではないのか。生きている限り愛し続けたいと思うならば、美しい他人は世界にいくら多くても足りないくらいだ。

美しい他人と接触することは、醜い自分の存在が限りなく小さく消しとんでゆくような快感とも一致するし、それはたとえ一瞬でも、醜い自分が美しい人間と同化したような精神の高揚となり、孤独で哀しい自分だからこそ心底で感じることのできる「生きる喜び」にちがいない。

まるごと人を愛す、ということ

脚がもう十センチ長くないくらいなら、いっそ死んだほうがまし……と悲観する日本人はうんと多い。しかし早まって死んではならないだろう。あなたの脚が十センチ短いのを心から愛し、羨《うらや》んでる脚の長すぎる他人がきっといるからだ。

それかといって、ここに名医がいて、二人を足して二で割ってくれるわけでは絶対にない。何も名医などに頼らなくとも、二人がただ寄り添って脚と脚とを深く絡みあわせてごらんなさい。あなたは一瞬にして短い自分の脚を忘れるだろう。愛は短い脚をとたんに長くするのだ。そして自分が短脚に生まれてきて本当によかったと思うほど楽しくなってしまうのである。

それがセックスなのだ。

なにも自分が自分を愛する必要はないからである。脚が十センチ長くなった自分を自分で愛するために、もしそれを望んだとしたら、あなたはまだ他人を愛する資格を持ちあわせないだけのことだ。

あなたが愛される肉体と、あなたが愛する肉体とはまったく別のものなのだ。だからあなたはベッドの愛人に対して、「私のどこが好き?」なんて愚問を決して発してはならない。

「お前の短い脚だよ」

「あら、私はあなたの長い脚よ」

「じゃ、二人の趣味は全然一致してないネ」

てなことになってしまう。しかし趣味が全然合わない二人こそ真に幸せでなければならない。

脚の短い世界と、脚の長い世界が合わさって倍に拡がっていくからだが、同じ趣味なら二つはただ一つに重なるだけ……まるで不毛のマスターベーションになってしまう。短い脚をしてるためにかえって長い脚の恋人に抱かれる至福の境地は、つくづく自分が長い脚でなくてよかったと思わせるほどなのだ。

愛はどこから降って湧いてくるか分からないというのが真実のようだ。自分のいちばんキライなところに突然惚《ほ》れられる場合がはるかに多いからだ。

なぜならば私たちは誰も何をどう愛そうが自由なのである。誰も人に命令されたり教えられたりして惚れるわけではない。

「オレお前の首が好き」

「あらイヤだわ、首なんて……私自分の首キライよ。いやに筋ばってて何かの動物と似てると思わない？」

「だからそこが好き。見てるとだんだん興奮してくる……」

「もっとちゃんと、私の全体を愛してよ。あなたは人間としての私を愛してなんかいないんだわ、きっと……」

これと似たような非難の言葉を私も何度恋人から投げつけられたか分からない。脚や首ならまだいい。私なんか両肩の骨の出っ張りや、足のカカトに惚れたりしたものだから、いつも「もっと私の全体を愛して」のひとことで片づけられ、ろくに相手にもされずじまいだったこともたびたびなのだ。私をすぐにでも天国に導くだろう美しいカカトやかわいい肩の骨を持った人はほかにはそう見当たらなかった。だから私はそのカカトを持った人、その骨を持った人の存在全部を愛したのは間違いのないところなのに。

「お前の目がいい」

といったら、その目だけを愛してるのでないことは当然で、つまりはその目を持ってる人間全体を愛してしまったということなのだ。目だけでほかは何もない人なんてはたしてこの世にいるだろうか。

そこで自分では大キライな短い脚をしているにもかかわらず、あなたの目はその脚も含めて、彼にすっかり愛させてしまったということ……愛はまったく計算外のところにも襲いかかってくるものなのだ。

しかもその彼があなた好みの長い脚の人だったら、あなたはどうする？　たぶんOKでしょう。だからそんなとき、ほんとに死ななくてよかったと思うのである。生まれてきてよかったと。

あなたは自分の短い脚や小さい目やだんごっ鼻をたぶん前から気にしていた。

この三つの欠点がなかったらどんなに幸せになれるだろうかと想像もした。だからいかに脚を長く見せるか、いかに目を大きく描くか、そして少しでも鼻を高くしようとお白粉《しろい》をたたく。そういう努力を私は否定もしないし笑いもしないけれど、あなたにはその三つの欠点のほかにも実は何十、あるいは何百という自分ではちっとも気づいていないたくさんの美点もあるのである。それをみつけてくれるのは自分ではなくてあくまでも他人だということ、それを考えたことがありますか。

人の全体をもし点で分解したとすれば、おそらく何百、何千どころか何億にしてもまだ足りないくらいかもしれない。その一つひとつが自分の知らないうちに他人を引き寄せたり引き離したりしているのだから、自分ではさっぱりワケが分からないというほうが現実だ。この現実の力を私は「点の力」とも、ちょっとしゃれて「パート・ラヴ」とも呼んだことがある。

人と人とは必ずどこか相手の美しい一点でつながる。決して全体をくまなく調べあげてから惚れるわけではないようだ。

たとえば、たとえだからわざと極端な例でいうのだけれど、私が美しいくるぶしの人を見て惚れたとする。つきあってみたら意外に意地悪女だった。その意地悪なところがどうしても気に食わないのだけれど、やはり彼女が好きだ。さあどうしよう。

いくつかの方法がある。

第一は彼女を諦《あきら》める。

第二は彼女の意地悪は見て見ない振り。

第三は彼女の意地悪を我慢する。

それで私はそのどれにするかというと、私は決してその三つのうちの一つを選ばないだろう。つまり彼女を愛する以上は、私はときに諦め、ときに我慢をし、ときに見て見ない振りをするわけなのだ。そこに一つのある愛の形が生まれるわけだ。

なぜならば意地悪なのは相手の自由なのであって、私がなにも干渉する権利などないからだ。いかなる愛も決してそんな傲慢《ごうまん》なものではない。

やがてしばらくすると、彼女の意地悪は私たちの愛の交流にとってとても重要な役割を果たすことになるだろう。もしも意地悪でなくなってしまったら、きっと塩気の足りない料理みたいにその人を感じるかもしれない。
つまり私はそのくるぶしを通してありのままの彼女を全部愛してしまったということである。愛は必ず一点でつながって全体が好きになることなのだ。だから相手のなにもかも全部を理解してからその後に愛そうなんて用心深そうなことなど決していわないこと。

なぜ、相手のすべてを知ろうとする？

それは何年か前、といっても決してそんな遠い昔ではない。『情事』や『欲望』なんていう傑作をいくつも残してるイタリアの名監督ミケランジェロ・アントニオーニの『さすらいの二人』が日本で封切られてから、まだそんなに年数は経っていないはずだ。
主演は当時すでに人気抜群のジャック・ニコルソンと、『ラストタンゴ・イン・パリ』以来、この一作だけで日本でも一部には隠然たる人気を持っていたマリア・シュナイダーという、まことに絶妙なコンビによるものであったのだが、今はそんな映画の題名さえ覚えていない人が多いのではあるまいか。

これはどこかの名画座にでもかかったら、どこまでも探しにいって、ぜひごらんになってほしいほどの大傑作中の傑作、といっても決していいすぎではないのである。

イギリスのかなり名の売れた新聞記者、そしてTVレポーターでもあった一人の男が、そんな人生の真っさなかに、ふといっさいの自分から逃げ出したくなってしまう。そしてそれを実行してしまった男の話なのだが、これをニコルソンが実にうまく演じていた。

目もくらむような明るすぎるアフリカの砂漠の中に、ほうり出されたようなかっこうで一人の男が立っていた……。物語はそんなところからいきなり始まって、彼の捨ててきた過去や家庭のことなどは何も説明されていない。働き盛りの男にありがちなそんな気持は、誰にだって一度や二度は経験ずみの、ごくあたりまえのことみたいに、その男の逃亡の原因についてはひとこともふれていないというのも面白い効果なのであって、その不安さは見ている者を最後まで引っ張っていくのである。

ところが彼は間もなく、偶然とはいいながらまことに不思議な事件に巻きこまれてしまう。砂漠の中の安ホテルで、シャワーを浴びながら心臓麻痺で突然死んでしまった男が、自分とよく似た年かっこうであり、ふと、こいつと自分とが入れ替わったらという思いに駆られたのだ。そして誰も見てないのをいいことにして、パスポートの写真をはりかえ、自分のパスポートは死体の中にそっとしのばせてしまう。

ところがこうして自分の過去を捨て去ることがほぼ完成した時点から、見も知らぬ他人の過去が急に自分を追いかけてくるという、恐るべきジレンマが始まるのであった。しかも死んだ男というのは、実は砂漠のゲリラ組織に武器を密輸していた奴で、そんなこととは知らず、彼の残したメモなどを手がかりに彼になりすましながら、その後ミュンヘンやバルセロナあたりをさまよう。そのロケーションもキレイだった。

そこでやはり、もう一人のさまよえる女子大生と出会い、そして愛しあうのだが、この愛が何とも見事なものであったのだ。

この女性（マリア・シュナイダー）も建築科を専攻しつつ、あちこち世界中を歩いているというだけで、その過去や生い立ちなどについては何もふれていない。最後までおたがいの名前さえも知らずに、恐らくは人生ではじめての、ただ人間の存在そのものによる優しさと出会ったようなもの。

こうしてまったく新しい人生が訪れようとした矢先に、武器密輸商人だった他人の過去に追いつめられた彼は、ゲリラによってついに抹殺されてしまうのである。なんとも救いのない結末なのだが、ちょうどそこにロンドンから彼を探して追いかけてきた妻が現われる。立ち会いの警官が彼女に向かって、「彼を知っているのか」ときくと、まぎれもない夫の死体を見つめながら、「ノー」という。そして本当は名前さえ知らない女子大生のほうが、警官の質問に答えて、「イエス」というのであった。

このラストの静かな場面は、その独特なカメラワークと相まって、恐らく一生私の忘れえないシーンとなってしまっている。

記憶がとくに弱い私のこんなうろ覚えのストーリーからは、皆さんは何の興味も湧きようがなかったと思うのだけれど、私はこの映画からいくつかの新鮮な教訓を得たように思う。他人と強く愛しあうためには、決して相手についての深い詮索《せんさく》などは無用であるということがその一つ。この女子大生は男の名前さえ聞こうとはしなかったし、彼の生い立ちや職業なども知ろうとしなかった。そんな人間の背景などよりも現実の「存在」そのものが魅力的でさえあれば、それが何ものにも代えがたい愛のネウチではなかったかということである。

相手に興味や関心を抱いたとき、聞かれもしない自分の生い立ち話などをすぐ始めたがる人は意外に多いものだが、これは実にくだらない安っぽいパターンだったというのが分かるのである。

それは立場を変えても同じことがいえるわけで、好きになった人のことを何でも根ほり葉ほり聞きたがるということについても大いに疑問を抱かせた。愛してる人のことなら何でも知りたがるのは当然だとうそぶいて疑わぬ人にとっては、このドラマはまことにいい教訓だったといえるのではないか。

つまり愛している人について、その裏も表も何もかも知り尽くしてるという点でなら、旅先で出会った女子大生などよりは、ずっとずっと長い間、ともに結婚生活を続けていた妻のほうがはるかに勝っていたはずだが、人を全部知ろうとするということは、その人をそれだけよけいに愛するということとはほとんど無関係であり、相手を傷つける役にしか立たないことなのだ。すべてを知らないのは不安だから、という女の人の気持を何度か聞いたことがあるが、そのたびに私は女の不安をかきたてるものが決して一笑にふせるほどなまやさしいものではないことが少しずつ分かってきた。そこには愛する男に自分の一生を全部委ねるような形でしか自分の生存が成り立たなかった、女性の哀しい長い歴史が、いまだにずっと尾を引いているからだ。

誰だって依存によってしか生きてゆけなければ、相手のことを何もかも調べあげないと気がすまないというのはまことに当然だろう。この映画みたいに相手の名前も国籍も聞かずに深く強く愛しあうことなど、とても想像もできないにちがいないのである。

深く激しく他人を愛するということは、決して深く激しく他人を知ることでも、調べあげることでもないし、いっそ相手が語りたがらないことや隠してる事がらはともにいっしょに守ってやろうというような気持こそ、ほんとの深い愛情ではなかったのか！　相手の見えないところなどよりも、いちばん先に見え、自分の惚れこんでしまったところこそが何よりも大切なもので、その他の部分などは、つまり愛してもいない余計な点については、自分はいっさい関わりは持ちたくないという考えこそが、二人の愛情を大切にしていく思想だと思うのだが……。

誰にだって他人には絶対に見せたくも見られたくもないというところがあるものだ。自分の愛してる人にならなおさらのこと、そこは見せまいというところがあるものなのだ。それを隠そうとするのを、水臭いだの、愛情が足りないなどというのであれば、まるでそれは他人のお尻の穴までも見透したがるような無作法でエゲツないことでしかないだろう。

独立した自由な人格として、何人《なんぴと》も侵してはならないところは誰にでもたくさんあるはずだし、恋愛はそういう人格の垣をとり払ってしまうことでは決してないからだ。愛情はしばしば他人についての知識の上にではなく、むしろ誤解の上に成り立つものである。たとえどんな誤解の上で成り立ったとしても愛はあくまで愛なのだし、その愛は素晴らしいものなのである。この誤解が崩れ去ったとき、人は愛を失うのであるが、あんなに美しいと思った人が、やがてちっとも美しく見えなくなるからまことに不思議なのである。

しかし、たとえ一時でも美しいと思い、それを愛したことに間違いがなかったのなら、誤解こそ真実ではないだろうか。むしろ誤解をいつまでもたいせつにしようという努力こそがたいせつなのであって、それをあえて暴き立てるような相手への貪欲《どんよく》な関心なぞは、耐えて自制しなければならないことにちがいない。

女子大生が警官に「知っていますか？」と聞かれたとき、はたしていかほどのことを知っていたというのだろう。恐らくは何も知らなかったとしても、彼女には相手の愛すべきある点についてだけは自信があったろうし、誰よりも深くそれを知っていたのだ。

恋人の何もかもを理解しようとして、人のプライヴァシーに土足で踏みこもうとするような貪欲な衝動にかられたら、それは決して愛を育てる行為ではなくて、反対に愛をうち壊す行為なのだと思うべきだ。

むしろ愛さない自由こそ、たいせつ

とくに恋愛において「自由とは何か」を考えてみよう。なぜならば愛はときどき自由を見失わせることがあるからだ。愛を善意と信じるあまりに、それを相手に強要したりしても恥じないことが多いのである。

「だって私は愛しているんだから、愛してくれない彼が悪い」といわんばかりの言動が多いのである。相手も自由な人間だとする当然の思いやりがほとんど欠如しているかのようだ。

「愛するのは自由だ」とそこまではほとんどの人が認めはじめた。ホンネはちがってでもタテマエでは認めだしたのである。愛することは自由だと本気で考えるなら、愛さなくなること、キライになることも自由だと考えるのが当然なのに、振られたり逃げられたりすると怒りだす人がいる。

愛の自由についていては、せいぜい「人を自由に愛する自分の自由」とばかりおめでたく解釈し、「自分を飽きたり振ったりする他人の自由」はなかなか認めたがらないのである。そんな勝手な自由なんかあるものではない。それは愛ではなくてエゴイズムというものだろう。

「自分の自由」は「他人の自由」を前提としてのみ成り立つのだが、自分の自由ばかりを主張して、他人の自由を無視したらどうなるか。そこではすべての自由がなくなるのである。つまりエゴとエゴの闘争が起こるのである。

だから人間の自由を何よりもたいせつにする人かどうかは、彼が自由に人を愛しているかどうかではなしに、彼が恋人に振られたときにこそよく分かるのである。彼が自由をたいせつにする人であれば、去る人を決して追わないだろう。

それでは、愛していた人に飽きてしまったときどうしたらいいか。キライになったからといって殴ったり蹴ったりなどしないことは当然だが、できるだけ相手を傷つけないようにして逃げること、遠くに去ることである。

それでも追いかけるしつっこい人をよく見るが、これで成功したためしというのはまだ聞いたことがない。トラブルが必ずその後にやってくる。

だから愛がさめたときに逃げるというのは、人間のいちばん正当な行為なのだが、しからば逃げるのを追うのもはたして人間の正当な行為か。人間は犬のように逃げるものを追わない、いや追ってはならないものなのだ。だから逃げるのを追うのが商売のおまわりは、ときに犬呼ばわりされてもやむをえないのだろう。

3/10の愛には3/10の愛で応える優しさ

もう十年もたつだろうか。『真夜中のカウボーイ』で知られているジョン・シュレジンジャー監督の『日曜日は別れの時』という映画は、いわゆるヨーロッパふう大人向き映画とでもいえそうな名作であったのだが、日本ではさっぱり受けずに、封切って一週間もたたぬうちに引っこんでしまったのだ。私があまりほめるものだから、すぐ見にいった友達は別の映画を見せられて帰ってくるという始末だった。

だいぶたつのでディテールはほとんど覚えていないのだが、主役はイギリスの名女優、グレンダ・ジャクソン。美しいがすでに若くはない。彼女はロンドンで独りたくましく経営コンサルタントを営んでおり、私的には前衛画家でとても美しい年下の青年を愛している。

ところがこのあまりにも美しい青年（マレー・ヘッド）はもう一人の年上の医師（ピーター・フィンチ）にも愛されている。しかし、彼はそれについて彼女に何もいわない。彼女も彼にはほかにもう一人男性の恋人がいるらしいということをうっすらと気づきながら、あえて聞き出そうともしないのだ。

やはり彼女にしてみれば、それが少し不満なのだ。彼にはもっとたくさん逢いにきてほしいのだが、一人で二人を愛してるとなれば、そうしょっちゅうは自分のところに来られないのかもしれないなんて、つい弱気になってしまうのであった。

一方、この青年は人間の優しさというものを一身に背負ったような、反面ちょっとニヒルでもあるような、なんというか現代の新しい個性としての美しさを持つ青年なのだ。彼はいずれは自分の芸術の仕上げとしてニューヨークに行きたいと思っているのだが、もし自分が行ってしまったら、どんなに二人の恋人が嘆くだろうと思うと、ついそれがいい出せない。そんな思いやりの深さから、自分の欲望はいつも二の次で、それよりも相手を喜ばせるために、そして悲しませないように行動する……。

今日も彼女のベッドで激しく愛しあいながら、フト「そういえば帰りは彼（医師）のところにも寄ってやらなきゃあ……。しばらく逢いに行かなかったから今ごろはイライラしてるかもしれない」なんて考えているのだ。

　彼女を愛したことで反射的に彼氏のことを思い出すところなどが、なんとも面白い優しさではないか！

　ピーター・フィンチは独身の医師。その日も仕事に疲れて家へ帰る道すがら青年のことを思い出している。しゃれた一人住まい。誰もいないと思っていた寝室を覗《のぞ》くと、ベッドの中にはすでに青年が待ちくたびれて眠っているではないか！その天使のような寝顔がアップになる。するとたった今までの疲れきっていた医師の顔に、一瞬なんとも幸福そうな表情がよぎるのである。それでフィンチがそっともぐりこむが、男同士のベッドシーンは珍しかった。考えて見れば女のそれと何もちがうところはないのである。

　私はこの映画を見てこんなふうに思った。たとえば、この青年を愛する年上の二人の情熱を点数で10点満点とすると、青年の情熱はどんなに努めたところで5、6点だろう。あるいは4点くらいかもしれないが、持ち前の優しさが補って7、8点くらいには見える。

　自分が10点も愛してるんだから、相手にも10点だけ愛してほしいとつい思うのは人情かもしれないのに、二人の大人は決してそれを要求しないのだ。たとえ5点でなくて3点でもいい、全然愛してくれない0点よりは、3点でも愛してくれたらそのほうがいいではないか、といつも自分にいいきかせているような、いわば大人の自制。

この抑えに抑えた情熱が、見ているわれわれにはひどく不安でじれったい。大げさな事件など起こらなくても、全編を通して流れる心理の不安で、とてもいたたまれないほどの緊張をもたらす。

さらにスゴイと思ったのは、自分がどんなに彼を愛していたとしても、自分を3点しか愛してない相手に向かっては、3点以上の愛を決して押しつけないということ。「私の愛は10なのよ」なんて、つい相手かまわず自分のありったけの愛をぶっつけてみせたりは絶対にしないわけだ。3点しか愛してくれない人に10点もの愛を示したら、7点の差が必ず彼の重荷になるだろうということをよくわきまえているのである。彼が重荷に感じて去ってゆくよりはせめて彼の3点だけの愛に感謝しなければならない、というのが彼女の思いやりであり、賢さでもあった。

欲張ってはいけないのである。もう少し愛をちょうだいといわれて、「ハイこれだけ」とおまけしてあげるような、愛はそんな都合のいい品物ではないはずだ。「もっと愛して」といわれると、愛はふえるどころかたいていの場合かえって減ってしまうものなのだ。

しかしついに二人にとって死ぬほどつらい日がやってくる。日曜日に彼はニューヨークに去っていったのだ。

もちろん彼が間もなく去っていくだろうことは前まえから知っていた。だからその日の悲しさをいくらかでも補えるような心の準備もしていたつもり。たとえば彼女はようやく新しい恋人をつくり、彼とすでに肉体関係を持つに至ったことを青年にわざと知らせ、青年を少しでも安心させた。

以前からロンドンの郊外の家に、青年は週末のベビーシッターとしてときどき出かけ、その都度その家の寝室は、ときにピーター・フィンチとの、ときにはグレンダ・ジャクソンとの逢引に使われていた。もちろんそれも万事承知の上で、子供数人を置き去りにして、この家の夫妻はどこへともなく出かけてしまうようであった。子供たちは毎度のことだから馴《な》れっこになっていて、この三人によくなついているのだが、彼ら三人がいっしょというようなことは、もちろんないわけである。

そしていよいよ別れの日曜日。覚悟はしていたといいながら、青年のいない日曜日になって、二人の心には急に大きな穴があいてしまった。喧嘩別れどころか大いにいたわりあって別れたはずなのに、まるで自分が自分でないような、まことに寄りどころのない日曜日となってしまったのだ。

彼女は無意識のうちに、青年と何度か日曜を過ごしたことのあるこの郊外の家の前にきて立っていた。ふと二人で寝た部屋の窓を見上げてしまう。

そのとき玄関の戸があいて、一人の紳士が静かに下りてくるではないか！　医師も彼女と同じ気持で、やはりここにやってきたのだった。二人はそのとき初めて出会ったのだ。改めて名乗りあわなくてもおたがいに誰であるかは直感ですぐに分かっただろう。

彼が近づくと彼女はハンドバッグから煙草をとり出し、彼が黙って火をつけた。そして何も聞かずに別れた……。こんな思わせぶりなとてもシックな結末だったような気がするのだが、少しは前後がちがっていたかもしれない。

10点でなくていい。たとえ3点しか愛してくれなくても、全然愛してくれないよりはすごく素晴らしいことではないか、と口でいうのは簡単だが、なかなかそう簡単に割り切れるものではないようだ。しかも自分の燃えあがってる10の情熱はそっとしまっておいて、3の相手には3だけでしか応じない思いやりなんては、とても凡人にできるワザではないようである。

この思いやりはどこからくるのか。つまりそれが「自由」への思いやりだ。なぜならば「自由」こそ存在の基本なのだから……。たとえ気が狂いそうなほどに思いこがれたとしても、相手の人間は常に自由だということを絶対に忘れてはならないだろう。もし少しでも相手が自分を愛してくれたとすれば、それはあくまでも自由な人間として愛したのであって、決して誰かに命令されたり強迫されたりしたからでもないし、ましてや情にほだされたからでもない真実の3点なのだ。

人間の自由はお金でも愛情でも決して奪ってはならないものなのに、愛情で縛るのはいいと考えている人は、意外に多いのではないか。ましてや「愛していればば独占したくなるのは当然でしょ」とうそぶき、まるで人間を宝石かなにかのように考えて疑わないのもまだ多いのである。

2　男と女・アプローチのテクニック

時間をかけてエレガントに

あなたが男であれ女であれ、街中でふとどんなに素敵な人をみつけても、いきなり近寄って声をかけたら、エッチと思われて逃げられるのがオチだ。いつも映画や小説のようにうまくいくなんてことはないのである。それにしても、西洋人は日本人よりはそういうのがウマイのではないか、なんて考えるかもしれないが、私の知る限りではそんなことはない。むしろ日本の男のほうがズーズーしく、いきなり「お茶のみませんか」なんていってるようである。私は西洋人がこんな不躾《ぶしつけ》なことをいうのを見たことがない。

概して日本人はせっかちでコトを急ぎすぎるが、西洋人たちはとてもゆっくり構えていて、あせったりしたら損だということをよく知っているみたいだ。

それでは彼らは、パーティや酒場以外で、見知らぬ人にどんなふうにアプローチするのだろうか。

街のカフェで視線を集める

パリのカフェではテーブルや椅子《いす》が歩道まではみだして置かれている。そして椅子はテーブルを囲むようには決して並べられずに、通る人びとがよく眺められるよう、必ず一方に向けてだけ並べられているのである。通る人びとをおかずにしてコーヒーやお酒をのむ。

道を通る人はカフェの前にくると急に道がせまくなって、そこではみんな一列にされてしまうものだから、歩くテンポが遅くなるわけだ。すべての人がカフェの客に見られてるのを意識してポーズをつけ、まるでファッション・ショウのモデルさながらにカッコよくそり身になって歩く。パリの人たちがおしゃれがウマく、歩き方が優美にならざるをえなかったとすると、きっとこの街の見る見られるという散歩のシステムが原因ではなかったかと私は思うのである。そういえば日本の街には古来このようなしゃれた散歩なんていうものはなかったような気がするのだが。

さて、歩いてるほうからも店の中に坐っている人たちをけっこうくわしく眺めているのだ。

つまり、「どこの椅子が空いてるか。そのそばにははたして素敵な男性が坐っているかどうか」なんて自分の席を探しながら……。

素敵な女性はなかなか店に坐らない。何度も何度も往き来しているから、たとえどんなにいい女性が前を通り過ぎたとしても男たちは決して慌《あわ》てることはないのだ。何十分か後には必ず彼女は戻ってきて再びファッション・モデルよろしく歩いて通り過ぎるはずなのだから。すべてがゆっくりである。

彼女が店に入るのはよほどいい席を見つけたときに限られている。つまり、その隣にステキな男性がいる席である。彼女はさも偶然らしくなに食わぬ顔でその椅子に坐るだろう。周囲の男たちは急に緊張するはずだ。

ガルソンがコーヒーを運んでくるころあいに、彼女がハンドバッグをあけ、中からシガレットケースを出す。そして一本を抜きとるやいなや、周囲から同時に四、五本の男の腕が手にライターをともして伸びてくるはずだ。彼女はいったいその中のどの火をもらうのだろうか。もちろんそれははじめから計算のうちにあり、自分の気に入りの男の火をつける。

「ありがとう」といいながら、相手の目を見ることも決して忘れないだろう。だからもし自分の目当ての男性が誰かとおしゃべりに夢中だったりする間は、彼女は決してタバコなど取り出しはしないのである。

ヴァカンスで、つましく優雅に

太陽と自然と人がいっぱいのところで、のんびりと一カ月も二カ月もぶらぶら暮らすのが、いわゆる西洋人大多数のヴァカンスで、私たちの夏休みとはだいぶちがう。

一カ月も二カ月も続けて休むという習慣がないせいか、私たちはわずか五日か十日の休暇を、のんびりどころかたいていの人は大忙しであちこちとびまわるのである。同じところに少しでもゆっくりと滞在するのが大キライで、毎日宿を変えながら次から次へと新しい土地を求めて移動するのが実態だ。だからシーズンともなれば、日本はやたらに汽車やバスや飛行機などの乗りものが混むのである。

地中海のコルシカ島で夏を過ごしたというヴァカンス帰りの人と、夏のパリのカフェでよく会った。なにか一時はコルシカ行きがやたらにはやってたふうで、そんなにいいところならと、セツ・モード・セミナーの生徒たち百人をツアーにしてのりこんだことがあった。もう五年以上も前のことだけれど……。

　夜のニースの旧港から大きなフェリーにのって翌朝にコルシカ島の北端の町に着く。

　それからバス三台を連ねて島を海に沿いながら、反対側のバリンコヴィレッジという美しい入江のあるキャンプ地に着いたのである。旅行社からは、そこはホテルも街もなく、ただただテントばかりがたくさん並んでるキャンプ地だなんて説明は前もって何もなかったのだから、一行はバスから下ろされたときに、そこが宿泊地とは信じられないといった驚きに襲われたのである。

　はるばる日本から来てここでテントに寝かせられるとは、なんということか！　なかには「こわい！」といって泣きだす娘も現われるしまつで、リーダー格の私も大いに困ったのである。

　テントより少しましなのが小さい木造りのバンガローで、一つが三畳大くらいの大きさで森の中にこれも何十となく並んでいた。そばに寄ってみるとフシ穴だらけの木を素人が釘でうちつけただけのまるで豚小屋だ。戸を開けて入ると床もはってないから外の草が部屋の中まで続いており、どうにか狭いベッドが二つ入れてあるだけ。屋根の木のスキ間からは星も月も見えるという風流さだ。

この不備な宿泊地に対し私たちがひどく不満そうな顔をしたのを見て、そこのマネージャー女史はこういった。

「いっぱいの太陽と大きな月、青い海と空と緑の山に広い砂浜、そしてこの静けさ……これだけ揃ってて何が足りないというの？」

なるほどヨーロッパ大陸を南下してたくさんの人たちがすでにこのキャンプ地に入っており、テントも豚小屋も全部がふさがっていた。誰もこのソマツな生活環境に不服を唱えた人はいないばかりか、彼らはほとんどが一カ月か二カ月の単位で予約しているのだ。テントの中で一、二カ月を過ごすヴァカンスなんて、私たち日本人にとっては想像外のことであった。

たしかにヴァカンスは日常生活からの脱出なのだから、西洋人にとってこそ太陽や海だけで他に何もないような自然がとてもうれしいのだろうが、私たちウサギ小屋からきた者にとっては、すべてが整って文化的な西洋スタイルのホテルこそが日常からの脱出だと思いこんでいたのだった。

テントの中心には学校の講堂ほどもあろうかという大きな食堂があり、すべての人たちが三度三度ここの食事を楽しむのだが、一カ月も二カ月もいる人たちを飽きさせないだけの献立の変化には私もびっくりした。それまで回ってきたパリやニースのどんな立派なホテルのよりもはるかにおいしかった。

昼間は太陽のもと素っ裸で浜辺や森を駆け回ってた人たちが、夜になるとエレガントなドレスに着がえてぞくぞくと食堂に集まってくる風景にもびっくりした。いくらなんでもテントの中から柔らかいドレスの人たちがはい出してくるなんて、想像もしなかったのだ。昼間のままのジーパン姿などでやってきたのは日本人一行ばかりだったので、私たちは大いに恥じ、次の夜からはせいいっぱい上等のものにした。

長い夕食がすむと彼らはそのまま海辺のテラスに移るのだった。これだけが本建築のカフェバーで、ステージには毎夜生のバンドが入り、みんなは朝方近くまでもここで踊ったり何かを飲んだりして楽しむのだ。早めに引き上げてテントに帰って眠るなんて、子供だけ……。

何百人かの人がこの一カ所に集まる毎夜の大パーティみたいなものだから、心ひそかにステキだと思ってたお目当ての人とも、何回目かにはけっこう自然に近づき、ともに何かを飲んでは踊り、そして次には夜の浜辺を散歩……と必ずこうなる。着いたばかりのときブーブーいってたセツの一行も、ここを去るときはさすがに離れにくくなったらしい。生まれて初めて西洋人の女性と夜の浜辺を散歩し、朝までついに自分のテントに帰ってこなかった日本青年がかなりいたからである。

ヴァカンスは人生の新しい出発……そこにどんな美しいロマンスが生まれるか分からない……そんな期待を本気でみんなが心に抱いているらしい。パリの貧しいOLたちは一年の稼ぎをそのためにこつこつと溜めて、ドレスやその他を備えるのだそうだ。しかしその一カ月の生活が、たとえばこのように質素なテント生活だったりするわけだから、決して誰にもできない相談ではないのである。

こうした人間関係の自然な進展は、みんながせかずあせらず、同じところにじっとがまんして待機しているから可能なので、彼らのヴァカンスが常に長期滞在型になるのはそういうことだったのかと、私は初めて分かったのであった。日本人みたいに毎日あっちへこっちへ走りまわっていたんでは、とても人との出会いなんて起こりっこないのである。

淋しい美女の十二月三十一日

キスの嵐に遭ったことがある。大晦日《おおみそか》の夜十二時キッカリにパリの街へ跳び出してみるといい。誰彼かまわず通りがかりの人に、片っぱしから抱きついてはキスを交し、

「ボンナネ（新年おめでとう）」

をいいあっているのだ。何もそんなに新年がおめでたいわけではないだろうに、まるでこの瞬間は世界中の人間「みんな私の恋人」といわんばかりの解放感に酔いしれる。金持も貧乏人も、黒も白も黄も女も男もである。人類が戦争をするなんてはまるで信じられないような光景である。

世界が一瞬にして平和になったのを目の当たりに見てびっくりしたが、私はその一時間前には何も知らずに独りホテルのベッドにもぐりこもうとしてたのであった。

ベッドの灯を消したとたんに、遠く近くからいっせいに自動車のクラクション

が鳴り始めたから驚いたのであった。ふだんはほとんど鳴らさないからだ。やがてそれが大きな地鳴りのように湧きあがり、私の屋根裏部屋までも包みこんでしまうではないか！

とにかくベッドからとび起きた。何事かを探らんと鎧戸《よろいど》を開け、恐る恐る首を大通りに突き出してみると、ふだんは猛スピードで走っている車が全部ストップして、人間の小さい影だけがその間をやたら忙しく動き回っている。もっとよく見ると人間たちは車道まではみ出して車の回りを激しく行きかっていた。しかし九階からの眺めでは、地上にはたして何が起こっているのかはつかめない。

とにかく下りてみようと身仕度をととのえ、外へ出てみると、くだんの有様であったのだ。

外へ出たからには私だけが例外であるはずもなく、ひとまず勇気をふるってすぐそばにいた人に向かって、

「ボンナネ」

と一発かましたら、とたんにかつて身覚えのない感動に包まれた。それがどんな顔だったか、女だったか男だったかさえもよく覚えていない。人間なら誰でも

いいような感じだったのだ。

車道の中に突進していく若者たち……。すべての車は止まったままであれからもう一時間以上も動かない。車の中にはたった一人で乗っている美人が多いのだ。美人に向かって「ボンナネ」をいうために歩道の若者たちは競って車の間を駆け回るのである。

この日の車は単に目的地に向かって走る道具ではなかった。動かない車が道幅いっぱいに重なって止まり、ガラス窓をあけて首を突き出す女、あるいは上半身をスッポリ窓の中に突っこんだ男、さらにはドアをあけ、車外に跳び出して、あらん限り全身で抱きあってる二人などがいる。この間あちこちからのクラクションは絶え間なく奏でる抱擁への讃歌であり、または何千という鳥たちの囀《さえず》りのようでもあった。

パリにはなんというたくさんの美しい、そして淋しい女性が多いことかと思った。この日のために装いをととのえ、香りを漂わせながら、そっと孤独の部屋から抜け出し、わざわざこの時間に合わせ、ひとり車を駆って街へくり出してきたのではなかったか！

——はじめ、その車の女はなかなかガラス戸をあけようとしなかった。チンピラたちがどんな大声で呼ぼうとガラス戸は閉ざしたままだった。たしかにパリの大晦日の夜の空気は冷えきっているかもしれない。しかし街は熱気で暑いほどなのだ。

しかし一人の美しい青年がガラス戸を叩くと、こんどは戸は音もなく開いた。

「ボンナネ」

「ボンナネ」

「ボンナネ」ばかりの人の言葉の単調さにひきくらべ、接吻と抱擁がそれぞれに交わす皮膚と皮膚の言葉こそ、何と豊かな表現だろうかと思ったのである。

たとえば映画でフルコース

なにもポルノでなくたって、ただ映画館に入るということ、それだけで映画はセクシーなのだ。ことに独りでゆくときがセクシーだと思う。恋人や友人とつれだっていくよりも、誰も相手がいなくて淋しく映画館のキップ売場の前に立つときが、そぞろにセクシーな気分になる。

これがパリだったら、三十分前にいって列をつくらなければならない。評判になっているものなら一時間前につめかけ、それでも五十メートル以上の列を並ばねばならなかったりする。座席券を売りつくしたらもうそれで札止めの仕組みだから、いともぶあいそうに「コンプレ」とかなんとかいって切符売場は冷酷に窓を閉じるだけ。入りそこねたお客のほうも馴《な》れっこになっているらしく、文句もいわずに去っていく。それなら、それまでに立って並んでいたあの長い時間は、退屈なものとなってしまうのか、というと、実際にそこに並んでみると、意外にそうでもないことが分かるのである。日本人は短気だからパリでも列を見ただけで帰ってしまうことが多いのだが、よく見ていると、列の中には本を読んでいる人、おしゃべりに夢中の人、もう十分以上もキスをしたままで不動の二人……行列というものはそれはそれは実にいろいろな楽しみ方があるものだと感心してしまうのである。

日本ではこんな行列は、よほど評判になった映画や、特別に魅力的なプログラムの映画会でしか見られないだろうが。

映画がセクシーだからといって、なにも映画館の中で痴漢まがいのことをするというのでは決してない。ただこの暗がりの中に独りじっと坐ったままで何事かにつかれた状態にあること、そしてやがて映画が終わり、裏口からたくさんの人が一度にはき出されるあのときが、なんともセクシーなのである。

このまま急に夜の街に放り出されてしまうのがたまらなく、誰でもいいから一人誰かをつかまえて、近くのカフェでも公園でもいい、そこでこの感激を少しでもいいから語りあいたいという激しい衝動に駆られているわけだ。必ずしも語りあわなくたっていいのかもしれない。何もいわずにただ黙ってつっ立ったまま、思いきり誰かをギュッと抱きしめさえすればそれでいい、ということなのかもしれないが……。

そんな誰かをあらかじめ用意するのは映画を見るためのイロハなのだけれど、それにはさっきの行列がとてもいいのである。並んでいる者の中で、おしゃべりもキスする相手もいない、たった独りだけの人間はすぐ分かるからだ。だからといっていきなり声をかけたりしたら「なんて図図しい！」といわれるだけで効果はない。

いきなり図々しく、というふうでなく、案外にスッとうまくいきやすいものだということは、映画にかぎらず行列というものに独りで一時間もの間つっ立って並んだことのある人ならきっと分かっているにちがいない。

おたがいに求めあっているのだ。

ほんのササイなこと、長い時間にはわざとではなくてササイなことが、とても重要なのである。たとえばタバコを吸おうとしたらタバコが切れていた……。

「ちょっとすみません。タバコ（週刊誌でもいい）を買ってきますから、ここをとっておいて下さい」

「ええ、どうぞ、どうぞ……」

隣同士でササイなことを頼みあうことの自然さ、そしてなんとはなしのわざとらしさ……。こんなふうにして地球の上のお隣同士が生まれるにちがいない。

「アリガト」

「ドウイタシマシテ」

この平凡な挨拶が二人を急激に結びつけるから不思議なのだ。そのあとはさも自然なふうに、

「ダイアン・キートンってお好き?」

「僕はウディ・アレンがダメなんです。ひたすらダイアン・キートンです。あの人って丸顔のわりに手脚なんか細くって、自由な女の感じがいいですね」

話はもうそのへんで止《と》めておくのがコツ。あまり調子にのって深入りすると、男も女もかえって嫌われる率が多いからだ。お話はむしろ映画を見終わってからと、自分の胸の中にしまっておくものだ。そのほうが映画のあとお茶に誘ったり誘われたりするのが、ずっとスムーズにゆくのである。

どちらから声をかけてもよいだろう。

「すごくいい映画でしたね。ちょっとしゃべりませんか。そのへんでお茶でも飲んで」

「そうね、ちょっとだけ何か飲みたいわ」

それがたいていはちょっとだけではおさまらなくなってしまうのだ。話がはずめばなおさらだ。だいたい日本の映画館は夜が早すぎて、夕食がすんでから映画に、というわけにはいかないのだから、映画を見終わったときほとんどの人はお腹がペコペコである。相手のようすによってはそこで思いきって、

「お腹がすいちゃった。いっそ何か食べませんか。レストランに一人で入るのって、とてもいやなもんですから、もしよかったら、つきあってくれませんか」

と、申し出る男もいるだろう。もちろん女性のほうからさりげなく誘ってもよいのだが……。このときの夕食は、少しゼイタクにしたほうがいい。しかしあまりにもゼイタクだと、男であれ女であれ相手を不安におとしいれるので、ワイン込みで一人五千円から一万円くらいのところにする。もちろん、ゆっくりと静かに話のできるフランス料理店だ。なぜか日本ではフランス料理店がいちばん静かなのである。できればパリみたいに音楽などまったくやっていないところがいいのだけれど、日本では残念ながらまずお目にかかれない。こんなときにフランス料理が最適と思われるのは、その味よりもなによりも、ボーイたちのサーヴィスも含めて、時間がとてもゆっくり流れてくれるからである。話をし、食事をし、すっかりいい気持になっていると、つい時間を忘れて、

「アラ、もうこんな時間？」

ということになる。

「あなた、どちらのほうですか。僕がタクシーで送りますから大丈夫ですよ」

と言われれば、じゃ安心と、もう一服、おいしいデザートをとって……。このあとにさらにもう一つのデザートがおまけに付くかどうか。

「ちょっと僕のところに寄りませんか。僕はコーヒーをいれるのがわりと得意なんですよ。レストランのコーヒーはなぜかみんなダメですからね。料理をつくる人は、コーヒーなんかどうでもいいと思っているらしい」

というわけで、この日のフルコースは完成する。もちろんあわてて無理押しをせずに、次の映画のプランなどを打ちあわせして別れ、そのときにこそゆっくりとフルコースを成功させてもいいだろう。

女性の側からいえば、一回目の出会いではどんなに誘われても遠慮するというのが、今までの男と女のしきたりだった。そこにはそれなりの女性の知恵が働いていたことも確かで、それが効果的なことだって多いのだ。しかしあなたが相手を気に入ったなら、そんなしきたりなどクソクラエで、たまにはパッといっぺんに落ちてみてもいいのだ。この男ならここでパッといっぺんに落ちてみても大丈夫といった自信……そんな強さがそなわってくるのは、やはり人を見る目が肥えた人生のベテラン――大人の女となってからだろう。

しかしこんな偶然はめったにないことなのだ。つまり、そこまで素敵な男性との出会いなんて、人生にそうめったにあるものではない。行列が始まったときから二人の夕食が終わるまでのそれまでの時間は、決してムダに長かったわけではあるまい。それだけの時間をかけてもまだ、その日はたして最後のフルコースまで楽しむべきか楽しまざるべきかを決断できかねているというなら、そんな相手は断固拒否して、一人でさっさと帰るのがいちばん正しい楽しみの方法だろう。

たとえばほしくもないタバコや週刊誌を買いにいく程度の嘘をつくのは、女性にもできる。だから、以上でのアプローチは、女性が先にしかけても、それはまったくいいわけだ。しょせんは人生の中の楽しいゲームとして男と女の持ち駒を、それぞれがどう動かすか、本気でうまくやれるかどうかという知恵の遊びである。けれども、手のうちをちょっとお知らせしたほうがもっと楽しくなりそうな一、二のことを男の私から申しあげよう。

それは、いくら男と同じことを女だってやってもいい、とはいいながらも、ゲームには必ず一つのルールがあって、それで始まるものだということである。はじめからそのルールが嫌いというのでは、ゲームをおりるしかない。一般のゲームならジャンケンポンをして始めるようなことを、男と女のゲームではまず男から始めていたのである。というのも、男というものが、習慣というよりもたぶんオスとメスの生理のようなものが原因で、女からしかけられたゲームにはなぜかとても弱腰になってしまうからだ。男がやる気十分だったときでさえ、それを女からしかけられると、とたんに闘志を失ってしまう。女性はそのへんの呼吸は十分に心得てゲームのプランを組んでいくことも肝心である。

つまりゲームは、あくまでも男のほうからしかけさせるのであるが、それを一般には女の挑発といってきたわけだ。その挑発に男が乗ることを攻撃というけれど、女のファッションは挑発の有力な形なのだ。挑発というとやたらに目立つことや露出したファッションのことのように思うかもしれないが、決してそうではない。地味は地味なりの存在となるのであって、ちょうど登山家にとって山の存在そのものが挑発であるように、挑発とはもともと存在そのもののことをいうのである。存在していることを知らさなければ挑発も生まれないが、決して直接行動をさしているわけではないのである。だから、挑発と攻撃を間違えてはならないだろう。常に最初に女の挑発があり、次にそれにうまく乗っかった男の攻撃が始まる……。それがゲームのルールなのだ。

中年だか老年のかなりのベテラン男に誘われたうら若い娘が、ふと「こいつと一本勝負をしてやろう」なんて思って、処女のくせにとたんに不良ぶって、その男を手玉にとっていた古いドイツ映画があった。男と女のゲームにはこんな形もある。たぶん『夢みる唇』という映画だったと思う。

3 仕事の本質は愛である

孤独は愛と仕事を生む

サガンの小説は、かつてほとんど読まなかったが、来日したときのテレビ・インタヴューでは、その美しくセクシーなスタイルと話の豊かな内容で、「オヤ！」とすっかり私を驚かせてしまった。改めてその文学も読んでみようという気を起こさせたわけである。

聞きすごせない言葉がいくつかあったと思う。必ずしも今その通りに再現はできないが、「私にとって、若さとは誰でもがそこを通らなければならない人生の一つの過程でしかないわけで、みじめとも未熟ともいえるような期間ではなかったかと思う。だから私は早くそこを通り抜けて大人になりたかった。そういう背伸びの時期なんでしょうね」といった内容もその一つ。

「若さ」というものを何ものにもかえがたい美しさとかスバラシサとかにしたがる感傷的日本人には、それはすぐになじまないセリフだったと思う。

私もたびたび西洋に行ってみて、日本の若者とはいかにもちがうそのキビしさにいろいろと思い当たるふしが多かったのである。そこには日本でいわれてるような「若さの自由」といったものはほとんどなく、「自由」というものは社会的に独立したパーソナリティ、つまり大人だけが行使する当然の権利であった。そして人間はその自由な生活をエンジョイするために働くわけだから、仕事を終わった大人たちだけのためにファッションや街が開かれているといった社会構造だった。だから夜の外出は仕事から解放された父や母以上の世代で占められてしまい、スネかじりの若者はその留守居をするのがあたりまえとなる。夜の盛り場に若者の姿を見かけるのは困難なほどだ。日本とちがって若者の自由は極端に制限されているわけである。

西洋の若者に自由がないのは金がないことによることももちろんで、早くから働いている労働者階級を除いてはたとえ金持の子供でも、やたらに金を浪費するような自由は与えられないらしい。与える自由や依存の自由といった「自由」は奴隷の歪んだ自由と同じように教育的でないとでも思ってるのかもしれない。だからフランス人の好きなエレガンスというものは豊かな大人だけの専有物なのである。若いサガンが早くエレガントな大人になろうと背伸びしてアセッたのもなるほどとうなずけるわけだ。

しかしわが国では「若い」ことが何にも優先する最大価値のように、「まだ若い」というのがほめ言葉となり、お世辞にさえなってしまう。「まだ若い」といわれて喜ぶ人は意外に多いのである。そんな若さなどとっくの昔に捨ててきたサガンの完成した美しさを見ないで、「もうすでに若くはないサガン」の年齢ばかりを聞きたがった日本のマスコミにはかなりびっくりしたらしい。そして「日本へきて私は百歳も年をとったような気分になりましたよ」ともいっている。

「テレビにはいつも子供ばっかり出てるけど、日本の大人たちは子供が好きなのかしら？」と首をすくめたりもした。

数年前のことだが『星の王子さま』という映画を見て「子供には面白いのかもしれないが私にはとてもついていけない退屈でバカバカしいお話だった」という感想をある雑誌に書いたことがある。するとその反論の声がぞくぞくと来て閉口したことがある。

「先生はもうすでに子供の心を失っているからです。私はそんな大人には絶対になりたくないと思います……」といったものがとても多かったのを思い出す。編集部からこれらにまとめて返答を書くようにいわれ、「いつまでも大人になりたがらないカマトトな女の人が多いので本当に驚いています。なぜいつまでも大人にならないで子供のままでいたいのか、その理由はいったい何ですか？　大人になるよりもいつまでも大人にかわいがられて依存して生きていきたいということなのですか？」と、いつのまにか映画の枠からはみ出した人生論の応答になってしまったこともあったのである。

だから私は、「かわいい」という形容詞が鳥肌が立つほどキライなのである。何かというとすぐ「カワイイ」といい、それでも足りなくて「カワユイ」なんて……。日本人は十二歳といったかつてのマッカーサーの言葉は案外うがったものだったのかもしれない。

「かわいい」というのは、庇護される動物の属性としては、なかなかよく出来た自然の妙味ではあるけれど、それなら「かわいい」のは幼い子供にはいえても、女性にはむしろいってはならない言葉のはずなのである。

そんなかわいさなどのカケラもないあのフランソワーズ・サガンの話し方を見ていると、その鋭い知性美が人間の優しさやデリケートな思いやりの上にがっちりと構築されたものだということがよく分かるのである。

「しかし私は人間が孤独だという問題からは永久にさけて通ることができないと思います」とも彼女はいう。それがサガンにしていいうる言葉だとすると、自分を孤独だと思わない人間がやはりまだ世の中にはたくさんいるのではないかという推論にもなっていくわけだ。これはたいへん困った問題にちがいない。

孤独の意識は自分が人間だと自覚したときから始まるのであって、自分が女だ男だという状態からは絶対に出てこないものなのだ。独立した個人（人格）として広い世界に放たれた感じ……その自由の意識ととらえてもいいのだが、たとえば鳥籠に守られて、毎日餌さえ与えられればいつも幸福そうにさえずっている小鳥の世界には、それがたったの一羽でも「孤独」はないのである。

人間が世界に放たれた感じと私はいったが、「世界に放たれた」とはいいかえると世界に自由につながることでもある。つまり世界につながろうという衝動を起こす源が「孤独」なのであり、人間は世界なしではついに悶死してしまうにちがいない。だから世間からはじき出され、他人との関わりを絶たれて自暴自棄になった人ほど恐ろしい人はいないかもしれない。他人を愛さずには人は一時もガマンができないのである。

広い世界からたった一人を選んで愛したとすれば、その一人は世界を代表している他人なのであって、決して身内の兄や父母の愛であってはならない。言葉では同じ愛のようであっても、自分の身内や分身への愛は実は自己愛というエゴイズムなのであり、世界や他人を求める愛とは正反対のもののはず、むしろエゴイズムは他人を憎んだり敵としたりする、愛とは正反対の感情で、「隣の息子は自分の息子より成績がいいから死ねばいいのに……」といった受験競争時代の母の愛情がそれを代表してるかもしれない。

父母や兄弟への愛情が他人を求める感情といちばんちがうところは、自分がそれを広い世界から自由に選んだ愛ではないということで、世界とは少しも関わらないという点だろう。

「父母の愛はすべての愛の基本」などという昔からのいい伝えがいかにインチキかということも知っておいていいと思う。

むしろ人間の本当の愛は父母兄弟などという分身の愛《エゴイズム》を一刻も早く断ち切ったところから始まるのだと思いたい。

つまり籠の中から外へ翔《と》び立った瞬間に人は自分の孤独な存在に気づくと思う。胃袋が餌に飢えるように心も飢えるのに気づくのである。心の飢えは他人を求め他人を食うことでしか癒《いや》されないが、私たちはそれを「愛」と呼んでいるのだ。他人と世界とは同義語だが、世界の中から特定の個人を選んで食べる愛を「恋愛」というならば、世界そのものと直接に関わる愛を「仕事」と呼んでいる。だから仕事が生きがいというのは嘘ではないし、世界と一人の個人との深い関わりをつける「仕事」をすることでのみ孤独の飢えは満たされるわけだ。

だから人は死ぬまで他人を求め、仕事を求め続けるのであって、決して途中でやめたり休んだりはしないのである。サガンが「孤独はどうしても逃れられない永遠の問題だ」といったのはたぶんそのことで、肉体の飢えも心の飢えも生きている限り続くのである。一度にどんなにたくさんごちそうを食べてしまったからといって、もうこれで永久に満腹だというようなことはないはずなのだから……。

胃袋が健康に機能するならば、すぐにまた何かをほしくなるように、健康な心の飢えも一つの愛の次には、また別の愛を求めるだろう。愛も進歩するのであって、それも生きている限り続くのである。生きている限りできるだけ広くたくさんの他人と愛しあいたい……と孤独な人間は努力するのをやめない。

孤独が健全に機能して心の飢えをつくり出したとき、人はそれを「淋《さび》しい」というのであって、淋しくなるということは素晴らしいことでなければならない。胃弱で空腹感のなくなったような、心もそんな病気になってしまったらもうおしまいだ。永久に家族べったりの生活などで、淋しい孤独感などまるで味わいようもなくなったような人にはこんな人間嫌いともいったような病気にかかりやすいだろう。私はそれをとっくの昔に見抜いてしまったから、結婚をしたり家族をもったりは絶対にすまいと決心したのだった。

私の長い人生の中でこれだけは賢い選択だったとわれながら思うのである。孤独で淋しい人間の一生をどうやって懸命に埋めていこうかと、この愛の努力だけが私の支えになっているのだと思う。

少しでもおいしい愛を探し続けていくのである。まるでサガンのように……それしかない。

サラリー結婚は合理的だが

女性にとって結婚とは男の就職みたいなものなんて冗談らしくいいながら、私はこれが本当だと思う。男がある一つの会社なり官庁なりを勤めあげるように、女性もまたある一つの家庭を勤めあげるのである。

男にとって、それが必ずしも自分がはじめに希望した仕事とは限らないのと、女が必ずしもはじめに恋愛結婚とは限らないある一人の男をオーナーにするのとが、これまたよく似通っていて、これを女の一生の仕事と割りきった「サラリー結婚」……聞こえはすごく悪いが、最も合理的であり、一般的だ。

これらの男と女とは、いわば人生の選択で、恋愛よりもむしろ仕事を選んだのであって、本当の恋愛は別にあとからゆっくりと、と自分の心の隅にこっそりとしまっておくのかもしれない。

「とくに愛していたわけでもないけど結婚した」というのと「好きな仕事ではなかったけど就職した」というのはまったく同じことのようであり、私にはそれがどうにも人生の悲劇の始まりのように映るのである。

しかし嫌々ながら就職して長い間やっていると、やがて会社のベテランとなり成功して、自分の仕事に誇りや満足も感じるようになるわけで、女性の見合い結婚が悲劇の始まりに見えながら、最後は恋愛結婚よりも人生がうまくいって私は幸せだったという人も多いのである。

だから恋愛感情はもともと移ろいやすいものとして、結婚というシステムとは結びつかないもの、むしろ結婚を女の特殊な仕事、または職業と考えるのは賢いと思う。賢い女にもう一つ注文すると、これがセックス込みの職業であるという点だけは忘れてほしくないということだ。サラリー結婚の妻と娼婦の違いは、相手が特定の一人か不特定多数かのちがいだけで、セックスがおたがいの自由な恋愛感情によってなされるわけではないという点では同じことなのだ。

つまり私はセックスをすごくたいせつにするゆえに、恋愛感情抜きのセックスそのものが悲劇だという固定観念またはモラルには、あくまでも縛られていたいわけだ。なにもセックスを商売にするのが悪いのではない。セックスを人に強制された悲しいものには絶対にしてほしくないだけなのである。

いいかえると、楽しいセックスならすべて道徳的であり、悲しいセックスはすべて不道徳なのである。

ときには優しく売春も

愛の行為は常に相手の合意によってしか成り立たないまことに残酷なものだから、愛をプロポーズして断わられたりすると、誰もがまことに身も世もあらぬ悲しい思いをしなければならない。どうにかして人間をこの悲しみから救うことができないかと考えてみると、これは人間の持つ優しさだけが解決しうるかなり高級な問題だというのが分かる。つまり最も高級な人なら「私はあなたを少しも愛してはいないけれど、あなたがそんなに私が好きならば、あなたのためにこれだけのことをしてあげてもいいわ……」という優しさである。そして自分が少しも愛していないのに、耐えてそれだけのことをしてあげたんだという証拠として、必ずいくばくかの金銭を相手から受けとることも重要な点になる。

もちろんこれは男女の差別なく行われるのが望ましいけれど、こうした人間同士の思いやりをひどくさまたげてきた今までの古い考え方として、貞節というモラルがある。家庭制度を維持するためか、男の独占を守るためか、恐らくその両方だろうけれど、それが人間を少しでも広く愛していこうとする優しさの本能を縛りつけてきた元凶であることはたしかだ。

他人に対してはあらん限り優しく、もしちょっとだけ我慢することで誰かを喜ばすことができるなら、なるべく人を喜ばせてあげるほうを選ぶ……そうすることで人間社会の有難さ楽しさは何層倍にもなるだろう。

それなのに女性はとくにキビしく自分の貞操を守るほど美しいとされたり、ほめられたりしてきた。それが女の商品価値を高め、たった一人の男に自分をできるだけ高く売りつける唯一の条件だったのである。

しかし、自分を高く売ろうなんてケチな根性を捨て、できるだけ多くの愛をまるで聖マリアのように安売りすることのほうが将来のモラリティをずっと高めるだろう。もしそのあとで自分の本当に大好きな恋人と出会ったりしたら、たくさんの男の中から彼こそがなぜ自分のいちばん大好きな人なのかの比較ができて、きっと心から満足すると思う。愛してない人にはできるだけ優しく……もちろん男も女に対して、それは可能なのだ。そして、愛の奉仕は必ずしもきまりきったパターンとは限らないので、「もしそれでよかったら指のペッティングだけならしてあげられるけど」なんていうのでもいい。そのとき、優しさの奉仕を受けた側は多少不満でも、相手の許してくれる範囲内で、なんとか自分の欲望を満足できるように努力しなければならない。

相手の親切と同情心に頼って一方的な行為をした側は、男も女も心から感謝して、たとえ形式的にでも「売春」のしるしを表わすのがエチケットではないかと思うのである。もしそのとき、あなたが「お金なんかいらないわ」なんてキマエのいいことをいってしまったら、「イヤ」といいながら実は自分も愛してたというようなことになりかねないのだ。

もっともそんなことはどうでもいいことだけれど、けじめだけはきちんとつけておくほうがいい。

出産は社会的な仕事と思うこと

実際の夢にはいい夢もイヤな夢もあるはずなのに、「夢を持つ」というときの夢は、なぜかいつも「いい夢」であり、「幸せ」の夢なのである。それは一種の信仰のようなものといっていい。

人が結婚するときも、その結婚は必ず「幸せな結婚」なのであり、「不幸せな結婚」などを夢見る人はまずいない。もし「幸せ」を夢見ることがなかったら、人は誰も結婚はしないであろう。つまり男にとっても女にとっても、結婚は常に幸せな夢なのだ。しかし自分のまわりに何百という結婚があっても、その中から本当に「幸せな結婚」の実例を三つあげよ、といわれたりすると、たいていの人はまごついてしまうだろう。それくらい「幸せな結婚」なんてものは、しょせんは夢でしかないし、それどころかその夢は、常に悪夢となると考えていたほうが現実的で正しいくらいのものなのだ。

同じような人間の夢の一種に「子供をつくる」というのがある。この夢もまことにはかない。「自分の産んだ子を育てる喜び」を夢見て子供をつくったとしても、ある日その子が金属バットで逆襲するだろうなんていう悪い夢は、誰も予想しないだろう。反対に、私に限ってそんなことはありうるはずがないと信じきっている。

私たちの日常生活には、「幸せな結婚」と「自分が産んだ子供を育てる幸せ」という二つの信仰が昔から半ば強制的な力で襲いかかっていて、これを払いのけて暮らすのは容易なことではないのだ。だが、現実はといえば、親は誰でも将来の子供と自分との幸せをパターン通りに夢見るが、子供はみながみな親の夢《パターン》の中に行儀よくすっぽり入っていてくれるとは限らないし、とかくそこからはみ出して逃げ出してしまう。親の見たがる夢の中だけで生きていくには、子供はたぶんキュークツなのだろう。

子供と親とは愛しあわなければならないというのも、やはり信仰の一つである。親も子も同じ人間で、それは同時に他人でもあるわけだから、人と人とはそんなおざなりに、ちょうどよく愛しあうとは限らないのだ。自分の産んだ子がどうしても好きになれないということも、自分を産んでくれた親が大キライということだってありうることも知らなければならないのだ。そのときに、親と子はいったいどうすればいいのだろうか。

　それでも産みたいという人の決意を支えているものは何かといえば、そこには「産んだからには自分の好きなように育てる」という妙な自信というか、母性愛への過信があるからだろう。そして母性愛とは、べつに努力や勉強などしなくとも本能的にそなわっている能力であり、しかも万能であるという確信のようなもの――つまり母性愛というフィクションを信仰している。

　だから世の女性たちがいうように、「子供を産むか産まないかは女性自身が決める」なんてノンキなことをいっていていいのかどうか……。そこがどうにも私には不安でたまらない。

　子供はたしかに誰にでも産むことができるけれど、育てる能力もまた誰にでもあるなんて暴論でしかない。逆にいえば、育てる能力がなければ産んではいけないとも、断言できない。しかし、現在この暴論を正当化して、「母性愛本能論」をいいだし、すべての女性に子供を育てる責任を押しつけようとしているのは、社会のサボタージュ、あるいは詭弁であるといっていいだろう。

子供が、それを産んだ親のものではないということは、今ではもう誰でもが認めていることだが、それではまことに子供を必要としているのはいったい誰か、つまり子供が生まれてこないことでいちばん困るのは誰かといえば、それは親個人ではなくて、社会なのである。社会や文化をつづけていくために、新しい世代の誕生を社会自身がいちばん望んでいるのだ。だから子供への責任は、その母親個人ではなく、本来、社会が負わなければならないのだ。

それを、産んだ親だけがあらゆる苦労をして、昔ならよくあった話だが田畑を売ってまで子供を東京の大学にやり、それで子供は大学を出てやがて社会のために働くが、それではなんのことはない、その社会はまるで貧しい市民から田地田畑をとりあげるために子供を利用し、呪いのように母性愛を唱えつづけているだけのことではないか、ということになる。教育費という多額の投資を親たちがしなければならない現代も、仕組みは同じことなのである。

だから、こう考えるべきなのだ。女性はあくまでも社会のために子供を産んであげるのである。そして、どういうふうに育てようか、いちばんいい方法は何だろう、と世の中の大人たちは知恵を出しあって考えなければならないのだ。そのとき親は、自分の産んだ子供と将来楽しく暮らしましょうなんて一人よがりで一方的な夢は全部捨てて、ともかく子供本位に、どうすればできるだけ不幸にせずに育てられるかを、すべての子供たちの親としての立場で、つまり社会的な親としての立場で考えなければならないのだ。そして、子供はすべてその子供を産んだ親から解放されなければならない。

つまり、出産は、本来、社会的な仕事なのである。だから、子供を産んだ女性は社会から感謝をされ、当然見返りもなければならないだろう。

どんな男性だって、社会のために働いて無報酬というルールはない。自分のいちばん好きなことばかりをやっている恵まれた芸術家だって、好きな絵を描いたり、小説を書いたりしてお金を稼ぐ。そんな資本主義のルールの中で「好きな人と愛しながら出来ちゃったんだから、私、見返りなんていらないわ」なんて女性たちがいったら、世の芸術家たちの立場なんかすっかりなくなってしまう。

ふとそう思って、男が一生かかって働く稼ぎ高と、女が一生かかって子供を産む稼ぎ高とを比較してみる気になった。公平に見て、ヘタな芸術作品などよりも、新しい世代を産むほうが社会への貢献度は高いと思うし、消費者と将来の人材を世の中に送り出したということで、企業への貢献度もそうとう高い。となれば、出産のたびに女は社会からいくらもらうのが妥当か。これは「出産拒否」というストライキを全女性がしたなら、とてもはっきりすることではないかと思う。このストライキは同時に、子供を幸福に育てる責任がはたしてどこにあるかも、とてもはっきりさせるだろう。これは、私の本当に「いい夢」である。

さて、私の「いい夢」の社会では、母親や父親は、そういう専門職につきたい人が志願をし、一定の課程を修了したのちに、その資格を得るのである。女性ならみな等しく母性愛を持っているなんていう迷信は捨てられ、本当に希望する者だけの専門職となる。たとえ自分で産むことができなくとも、不特定多数の親となることができるのだ。生まれてきた子供の立場からいえば、私生児であろうが、犯罪者の子であろうが、いかなる差別も受けないタダの子供となる社会である。

つまり、自分のお腹を痛めた子だからかわいいとか、自分の子だから隣の子より成績がよくあってほしいとか、そういった血縁エゴイズムの母性愛から離れた、すべての子供を愛することのできる人のみが、親となる資格を得られる社会なのだ。

いつかどこかの国の孤児院のドキュメンタリー・フィルムを見たことがあった。そのとき、ここには子供たちの理想環境があると思ったのだった。そこでは、その子たちを産んだのではない大人が子供たちから母として父としてみんなに慕われていた。子供たちに触られ、キスをされていた——。

「女の仕事」なんて、ない

人生の目的は「仕事」ではなしに「遊び」だというのが西洋型思考、反対なのが日本型である。どちらが正しいかというとどちらでも正しい。もともとが「仕事」をすることは「遊び」のように楽しいものであったのだから、楽しい仕事は遊びと区別するのが困難なときがある。その証拠には歌を唄ったり、野球やゴルフをやったりするのが遊びの人もいれば、それがレッキとした仕事の人だって世の中にはいるのである。だからプロというのはその同じ遊びが、われわれ素人《しろうと》とちがって社会的に契約されているわけだ。つまりそこがわれわれの「自由」に遊ぶというのと根本的にちがうわけである。

われわれの遊びはあくまで個人の自由の上に成り立っていて、つまり遊びたくない人は遊ばなくてもいい自由があるのだが、プロには絶対にその自由はない。だからゴルフを遊ぶのに素人は金を払うのだけれど、プロはゴルフをやると反対に金が入るのである。これがいちばんのちがいかもしれない。つまり素人はただ楽しいから遊ぶのだが、プロは楽しくなくても、金をもうけるために遊ぶ。つまり遊びがいつのまにか楽しいものではなくなってしまったのだ。

だからプロは悲しい。自分が楽しむのではなしに人を楽しませなければならない。しかし人を楽しませることは結局は自分にとっても楽しい、といういい方だってできるのだから、ヘリクツというのはどのようにもつけられるのである。

人間の行動には自分自身のためのものと、他人のためのものとがあり、自分のためのものを趣味とか遊びとかいうが、たとえ同じことでもそれが他人のためだったら「仕事」になるのであろう。

他人のためになるということは、自分が他人の役に立つということであって、それが人間の孤独を救う基本形式だと思う。自分が必ず他人の役に立っているという確信がなかったら絶対に救われないという、人間は困った動物なのだ。人間以外にこんな動物はたぶんいないだろう。他のすべての動物は自分自身のためにしか行動しないのである。

「人間はお金のために働く」というけれど、そしてそれをほとんどの人が信じているのだけれど、人間が働くのにはもっと深い隠れた理由がある。その仕事によって自分の存在が常に他人や世界とつながっているために働いているのである。仕事を失ったときの絶望は、自分が深い孤独の縁に突き落とされた疎外感以外の何ものでもない。たとえどんなにお金をためこんだ人でも、もし仕事がなくなると、とたんにやりきれない疎外感を味わうのである。

だから私がサラリーマンの世界でいちばん残酷だと思うのは、あの定年退職というやつである。身体障害者も現代では社会から隔離せずにその自立する道を探ろうとしているのに、なぜ老人だけを老人ホームに隔離してしまうのだろうか。老人を救うのはへたな保護でも福祉でもなしに、社会参加つまり真の独立と自立とでなければならないだろう。

それ以上におかしいのは老人よりも若くて健康な女性が、社会から一人の独立した人格としてはほとんど何も要請されることがない点だ。

近ごろ急に「女の自立」とか「女の職業」だとか遅まきながらも唱えられている。しかし「女の職業」というと、私にはなぜかピンとくるのが人類最古の職業というあれのことだ。絶対に女でなければならない職業なんて、それ以外にありはしないからだ。

だから「女の自立」までは正当なスローガンだとしても、それと並列して「女の職業」とまでいわれると、つい「調子にのるナ！」といいたくなる。「女の職業」なんていい出すと、せっかく女の自立を求めながら、それが再び「女」の中に閉じこめられてしまうからなのである。

うっかりするとついいってしまったりとび出してしまったりするセリフの中で、これくらいつまらないものはないと思われるものは、「女としては……」「あくまでも女として……」などというセリフだ。つい利口ぶっていってるらしいのだが、いちばんバカみたいに見える。それはちょうどかつての東映映画などでヤーさんたちのいう「男の意地」とか「男の顔」などとまるでそっくりのバカバカしさなのである。

要するに自分から女だの男だのという必要はどんな場合にもまったくないので

ある。

いずれにしろ、男にとっても女にとっても「仕事」とは他人の役に立つこと、自分が他人に求められていることであり、それが人間の孤独を満たす基本なのだ。

自分が特定の個人に求められたとき、ひとはそれを恋愛と呼ぶが、不特定の他人、つまり世界との直接の関わりを「仕事」というのである。しょせんはどちらも人間の愛の変形でしかない。

4 かわい子ファッションからの脱皮

シャネルスーツは誰が着る？

「一生のうちに一度くらいはパリのオート・クチュールをつくって着てみたい」なんてことを、わりと本気で考えてる女性もいるかもしれないので、日本人にとっていったいそのオート・クチュールとは何なのかを少しくわしく考えてみよう。

日本人がパリに行って「さてオート・クチュールを着なければ……」といった差し迫った必要が具体的に何もない以上、パリで「着てみたい」という夢はほとんど実現しないだろうと思う。それでも女の一生の夢として、ただ一回だけつくってみたいなんていうのなら、つくるだけならわりと簡単だが、それを日本のどこでどう着るかとなるとなかなかたいへんで、たとえば夜の銀座へさっそく着て出ていったとしよう、きっとどこかのバーのホステスに間違えられることは必定である。それはちょうど日本男性が夜のパーティに新調のタキシードを着ていったら、たちまちどこかのオッさんに「水割りを一つ……」と頼まれたなんていう笑い話と好一対になる。

しかし芸能人ならたぶん年一回の紅白歌合戦に間に合わせるなんてことでもあれば、それもたしかに一つの差し迫った必要にはちがいない。たとえば日本の歌手の中ではいちばん洋服のよく似あいそうないしだあゆみが、一生のうちいっぺんだけ例のシャネルスーツとやらを着てみたいなんて、パリのカンボン街を訪ねたというのは本当かどうか？　そんな話をきいたことがある。そして結果としては「あなたはまだこれを着るには年が若すぎるからおつくりできません」と断わられたというのである。いしださんはあのシャネルのオバさん（売り子）たちからティーンエージャーぐらいにしか見られなかったにちがいない。

三十近い日本女性があちらでバーや映画館（十八歳未満お断わりの場合）への入場を断わられるというケースがとても多いのだ。そうすると慌《あわ》てていていはパスポートを見せ、どうにか入場を許されるのだが、いしだ嬢はそのときパスポートを忘れたのかもしれない。

昔の話だが、日本のある大使とか公使とかの夫人も、当時いちばん人気のあったピエール・カルダンを訪ねて一着のオート・クチュールを頼んだら、「もっともっと痩《や》せてから、またおいで下さい」と断わられたなんて、これもまことしやかに囁《ささや》かれたものだ。つまりいくらお金を持っていっても、オート・クチュールを着こなすだけの条件が揃っていなかったらとても売ってはもらえないという、いかにもパリ商人の傲慢《ごうまん》さをうまく表わしたエピソードではある。

私など、パリのオート・クチュールを毎度人に先がけて見せてもらえるのは、プレス（記者）としての特権があるからで、年二回のシーズンにはたくさんの招待状が舞いこむ。つまりパリ・モードの親衛隊としてその宣伝を担わされているようなものなのである。もしヘタに悪口などいおうものなら、二度とサンディカ（組合）のプレスカードを発行してもらえなくなる。そんな圧力を受けながらもパリのコレクション見たさに世界中の新聞雑誌社から申請が出され、厳重な個人審査を受けたのちにやっと許可が下りて招待されるという段取りだ。だから一般人に入場券を売るといった日本式のファッション・ショウはあちらにはない。

記者のほかにはバイヤーも招待されているから、有名人や大金持の個人的なお得意さんとプロフェッショナル・アシュトゥール（つまりデパートとかのパタン買いなど）も含まれている。オート・クチュールのお得意さんは世界中でもうほとんど決まっていて、新しく増やしていこうにももうどうにもならない。戦後、植民地が独立したり、クーデターや革命でどこかの国の王家が一つつぶれたりすると、パリのグラン・クチュリエ（オート・クチュールをつくる店。決してオート・クチュリエとは呼ばない）も必ず一つつぶれたといわれている。現に私が初めてパリに行った二十何年か前には、たしか三十以上のそれがあったと思うけれど、現在はたった二十軒そこそこの、しかもどこも軒並に青息吐息の赤字経営で、それをプレタ・ポルテや香水のブティック経営でどうにか補塡《ほてん》しているのだという噂も聞いた。

つまりパリのグラン・クチュリエとは、世界の王家や上流社交界のおかかえ洋服屋さんというわけだから、一般庶民とはもともと無縁の存在だった。私たちがいきなり「オート・クチュールがほしい」なんて、たとえばモンテーニュ街のディオール店を訪ねても、そこにはアクセサリーやせいぜいプレタ・ポルテは置いてあるが、オート・クチュールが並んでいるわけではない。

「オート・クチュールはどこに売ってますか」なんてもしそこで聞いたとしたら、その売り子は腰を抜かしてしまうかもしれない。オート・クチュールがまるで既製服みたいにお店に並んでるわけがないからである。

それらはたいていブティックとは別の入口から入るようになっている。立派なじゅうたんを敷きつめた回り階段を昇って二階のサロンに案内されることもあるかもしれない。そこでまずファッション・ショウとして見せられるわけだ。客のためにいちいちファッション・ショウをして見せ、その中からどの服を選んでつくるかという選択を迫られるのである。

客はファッション・ショウを見るのに二十万とか三十万の前金を納め、それがあとで洋服代金の一部に繰りこまれるとか聞いたことがあるが、しかしもし気にいったデザインがないときは、その前金は全然返してもらえないのだそうである。私がパリに初めて行ってがむしゃらにそれを見せてもらおうとしたとき、そんなふうにおどかされたことがあった。とにかくパリのモード屋さんとは、われわれ貧乏人にはちょっとばかり恐ろしいところなのだと思った。

私などどうせそんなものを着てみたくなる心配など一生なかったからいいが、もし女だったらかえってバカバカしくなり、私はパリ・モードなどたぶんちっとも好きにならなかったと思うのである。今はただ西洋のいちばんぜいたくなものを、それがほしいなんて思わないでただ見るだけで、つまりそれはルーヴル美術館に行って古い名画を見るのと同じような気分なのだ。私が生まれて初めてパリのオート・クチュールを見たときの第一印象は、モダンで新しいデザインを見たという印象はまったくなくて、いかにも古いヨーロッパ文化のエキスを煮つめたようなものを見せつけられたという感動であった。そのときすでにモダンなもの、新しいもののデザインは、ヨーロッパなどよりも、アメリカそして日本などのほうがずっと先に進んでいたのである。やがてケンゾーやイッセイがプレタ・ポルテでパリで成功したのは、彼らにはそんな日本という背景があったことも忘れてはならない。

ヨーロッパには日本などとはケタちがいの大金持や貴族が今でもちゃんと残っていて、彼らは彼らだけの上流社交界を持っているのだが、そこで着られる服がいわばオート・クチュールと思えばいい。一般人の着る服の何十倍も何百倍も高価だから、そんな高級品はデパートには絶対に売っていない。デパートは、あちらではあくまでも庶民のものだ。

高価なオート・クチュールを彼らがあえて着ることで、古いヨーロッパの伝統とその高度な技術とを維持してるのは間違いない。

つまりそれは税金代わりのオート・クチュールといえないこともないのである。「ぜいたく」というものが「美」と同格に並べられ比べられる世界なのである。オート・クチュールの世界にとってぜいたくはあくまでも美徳なのであって、質素を美とする古い日本人のセンスではちょっとついてゆけないものがそこにはあるようだ。

それを日本人ハナエ・モリがパリのモンテーニュ街で堂々と始めたのだからびっくりしてしまう。その成功を眺めるとき、いつも私はなにか奇妙な感慨にとらわれている。

彼女がまだパリに進出する前のことであった。十年も昔のことだろうか。だからどこでだったか、くわしくは覚えてないのだが、彼女が私の耳もとでこんなことをつぶやいた。

「長沢さん、今度初めて私シャネルスーツをつくってみたのよ！」

「あ、ホント？」

「一つはつくってみようと前から思ってたものだから……」

「ぜひ僕にも見せてほしいな！」

しかしそれが実はまだ一度も見せてもらってはいないのである。たぶん永久に見られないであろう。ハナエ・モリはそんな高い税金を払いながら、今ではちゃっかりその元を取ってしまったらしいのだ。

ケンゾーはなぜ成功したか

「ぜいたく」を必ずしも美徳としないファッション、つまりプレタ・ポルテ産業はヨーロッパでは比較的新しい。インダストリアル（工業製品）としてのケチな洋服はフランスなどより、アメリカなどのほうがそれまではずっと進んでいたからだ。

伝統的な手仕事のオート・クチュールに対して、そこではインダストリアル・デザインとしてのデザイン美が評価されるし、古さよりもむしろ新しさが優先する世界なのである。ここならば日本人が出ていっても十分に勝負ができそうだと思っていたら、その第一号として高田賢三が初名乗りをあげたわけだ。というよりもパリに新しくプレタ・ポルテのブームを巻き起こしたのが、ほかならぬわがケンゾーだったといってもさしつかえないのである。

彼はぜいたくで尊大な西洋の大人美に対して、安っぽいけれどかわいらしい子供美のようなものを真正面からぶっつけて、あちらのファッション界をあっといわせてしまったのだ。それまでのヨーロッパではそれはまったく欠落したものだったのであるが、ケンゾーにとってみれば、かわいらしくて安っぽいファッションなんか、日本にいたときからずっと長い間手がけていたものなのだ。つまり日本のファッションといえば、もともとそれしかなかったのである。それがヨーロッパと対等に並ぶものとは誰も思ってはいなかったのだが、ケンゾーだけがそれを臆面《おくめん》もなくやってのけたわけなのだ。それが大成功だった。

彼はパリでもその独立前の何年かは、小さなデザイン会社のために安くてよく売れる洋服専門のデザインをやっていて、そんなころ私などが、「たまにはオート・クチュールでも見にいかない?」なんて誘っても、彼は決して見ようとはしなかった。

そのときの彼が珍しく上等の、といってもプレタではあるが、サン・ローランのサファリ・スーツを着ているのを見て、私は内心驚いたのであった。彼の脚が想像してたよりもずっと長いナと思って眺めたのを覚えている。

ジャリン子ファッションの経済構造

大人のエレガンスとは対極にあるこうしたかわいさの文化は、日本の土壌にはいちばん適していて育ちやすいものなのである。大人がすべて身を粉にして働いて、そのファッションの消費の面だけは自分の子供が一手に引き受けてやっているわけで、なんとも奇妙な大人と子供のナレアイまたは共食い文化といってもいいようなものだ。大人はいつもドブネズミ色の服を着ているだけなのに、その子供たちが、やれ竹の子だのアイビーだのクリスタルだのと、消費者としてあらん限りの自由を謳歌《おうか》している世界がいったいどこにあるだろうか。

もともと日本の大人は、金にさえなるならば自分の子供を食いものにするのなんかヘイチャラみたいなところがあったのだ。つい一昔前までの、親が子供を身売りした伝統は、自分たちの老後のためにぜがひでも自分の子供を東大に入れたいという願望にそっくり入れかわっただけなのである。

オヤジの働いた金で東大へ行くのも、それがダメならオヤジの働いた金でオヤジの作った製品を消費し、日本のGNPをどんどん上げてやるのも、同じ親孝行ということになるだろう。

だから、竹の子であろうと、クリスタルであろうと、フィフティーズであろうと、子供のこうしたハシカ・ファッションが大人社会の経済目的に適《かな》っている以上、決してそれが憎まれたり非難されたりはしないわけで、「かわいい……」とみんながただその目を細めるだけなのだ。

もし「バカみたい」なんていったら「大人げない」とやり返されるのである。子供たちは今や消費者なのだから。しかし思いきって私は「バカみたい」といっておこう。学芸会みたいなNHKの『レッツ・ゴー・ヤング』を見て目をおおわない大人がいるだろうか。そんなには子供でもなさそうな娘が、まるで小学生みたいに指を立てながら舌足らずの話し言葉で唄うのは、とても耳ざわりで聞いていられないのである。

大人となれあった日本のヤング文化やハシカ・ファッションに対して、戦後のイギリスの下層階級がつくり出した新しいハシカ・ファッションは、いつも大人のエスタブリッシュメントにずっと挑戦的で面白い。いちばん古くはビートルズだが、その後のモッズやロッカーズやテディボーイ、そして最近のパンクからニュー・ウエーヴへと、これら尽きることのないエネルギーがイギリスのいったいどこから出ているのか、これは研究に価する問題だろう。

スキャンダルを着るのも悪くはないが

私のところにはいろんな婦人雑誌の類《たぐい》が送られてくるのだけれど、なにげなくふとみつけた中で、毎号が楽しみになってるコラムなどもあって、その一つがかつて『アンアン』に連載されていた「いいものみつけた」という金子功のコラムだった。いつごろから続いていたのかはよく分からないが、ファッション・デザイナーでありながら自分の作品を売り出すことは二の次とし、自由な発想でただ美しいものをあらゆるところから拾い出してくるところがまことに面白かった。

やたらに自分を売り出すことばかりが習慣となっているファッション界の人たちとは思えない自由さなので、私は、彼のファッション・ショウなどより、むしろこっちがホントの金子功なんだなと思うようになったのだ。

たぶん彼のあまりにも耽美《たんび》主義的な作品のせいだろう、彼のピンクハウスが一時は危なくなって、彼のファッション・ショウはもう日本では見られなくなってしまうのだろうかとさえ思ったことがあった。その後何シーズンかを休んだあとで不死鳥のようによみがえったのは、今年の春からだった。しかし以前の耽美主義は相変わらずでホッとさせながら、彼のモチーフには大きな変化が表われている。つまり「美しい女性」の年齢が、以前の二十歳代から三十歳代にぐっとあがってきていることだ。だから以前の、とかくかわいらしい西洋人形ぶりが、生なましい女に変身して、急に目の前に立ちふさがった感じなのだ。私はそこに彼のコラム、「いいものみつけた」が力強く刻みこまれているのを素早く見てとったのである。

若さが失われることでの美しさ、つまり、若さのせいでない、人間そのものの美しさのようなものが真のエレガンスというのなら、それが金子功の新しい発見ではなかったかと思った。彼、ムダに休んでたのではなかったのである。

派手さがその色や形からすっかり消え失せた代わりに、女の性の香りが全体のグレイ調のモヤの中にかなり強烈に閉じこめられていた。それは今までの彼の仕事にはついぞ見られなかったもので、三十代の女が、二十代の女などよりこんなにも美しいものなのかと改めて見せつけられたわけである。

私はふと、金子功が他の男性デザイナーに比してこんなにも女になれる……という点を面白いと思った。パリも含めて、現代を彩る男のファッション・デザイナーたちときたら、彼らがホントに女を愛し、女を美しいと思っているかどうかはきわめて疑問としなければならないからである。

それでも彼らの作品は全世界の女性たちにもてはやされている。それはなぜなのか。

男たちの勝手な創作というものが、ときに女を憎み、敵視して、女をわざと醜くしてしまっているようなファッションをつくりあげていく。それを、マスコミをはじめとして一般の女性たちまでが面白がって取りあげるのはなぜか。

たしかに女の服には女でないと分からないという部分があって、それはとても大事なことなのだが、それを大胆に無視した男性デザイナーたちが、なぜこうも受けるのだろうか。

ハナエ・モリや、ずっと昔から日本のオート・クチュールを頑張っている中嶋弘子などは、本当にたくさんの日本のいい女をつくってきながら、さほどマスコミ受けをしなかった。いつも何かがもうひとつ足りなかった。それが良くも悪くも彼女らの致命傷なのだ。

その何かとは、現代病としてのある種のスキャンダルであって、女がどんなにいい女の洋服をつくっても、それだけでは決してスキャンダルとはならないのである。だからかつてココ・シャネルは、一方でいい服をつくりながら、いつも必ずスキャンダルを何か用意することも忘れなかったのだ。

パリのデザイナーたちは伝統的にこんなマスコミ対策が上手で、イヴ・サン・ローランなどは何度もマスコミに真正面から喧嘩を売ったものだ。そして彼がヒステリーを起こすたびに彼の名声はいやがうえにも上がっていったのだ。

つまり男性デザイナーは、女を美しくしたい、女の美しさをひきだしたい、というよりも、自分を美しくデザインしたいというのが常に強烈なホンネなのだ。そこがスキャンダルになってしまうのであって、「俺が俺が」としゃしゃり出た男の作品なんかスキャンダル以外の何ものでもないであろう。金子功には男のくせに珍しくそれがないから、そこが彼の長所でもあり、ときにマスコミ受けをする強烈さがともなわないということで、欠点にもなっているのではないだろうか。

ケンゾーのＪＡＰから独立して、昨年の冬からスタジオＶのデザインを手がけている入江末男は、対象がヴィヴィッドな若い女性というところから始めたものだから、表面では正反対のように見えるが、やはり金子功と共通の、日本人には珍しいキャラクターにちがいないと私はにらんでいる。たしかにその色使いは、まっ赤、まっ黄、まっ青といった単純さなのに、それが何であのようにシックなのか。安っぽくなって当然という若者ファッションにはもったいないようなエレガントさがあって、三十代の人が工夫して自分流に着こなすことだってもちろんできるはずのものなのだ。

日本の芸術家は一般的には意外にハデさには弱くて、とかく渋好みなのだ。重くて暗くて深いのが好きで、そこにとどまっている限り、安全でもある。だから、反対に軽く、明るく、浅いのはヘタなのである。ヘタだというのは、それがすぐ安っぽさにつながってしまうからだが、入江君や金子君の軽さにはそれがまったく感じられない。

さらには二人とも男性デザイナーらしいスキャンダルにも弱そうだが、入江君がやがて大人ものに手をつけるときがアブナイとも私は想像して楽しんでいる。反対に女性のくせにいつも男っぽい仕事ぶりを見せるのがマダム花井で、常に女の夢を具現すると自分では唱えていながら、その夢はむしろなんとも男っぽく華やかだから面白いのだけれど、それが必ずしもスキャンダルとは結びつかないところがやはり女なのかと思うのである。

ほんとうのファッション・ショウが見たい

ファッション・ショウといえば、入場券を買い、大きなホテルか劇場で、華やかな照明の中を音楽に合わせながら、美しいドレスを着たモデルたちが、舞台狭しとまるでミュージカルのように踊り狂うのを日本では見ることができる。しかし、これはどう考えてもおかしいのである。

さすがにモデルは美しいのだが、踊りは素人だからオソマツだし、肝心の服のほうはその動きの激しさで、シルエットもデザインも、どうなっているのかさっぱりわからない。さらに赤、青などの変な照明の中では、布地も色も正体がわからないのは当然で、これは服を見せたいのか、それとも素人ダンスを見せたいのか、どちらなんだと、つい叫びたくなるのは私だけだろうか？

しかも、あの耳を聾《ろう》するばかりの音楽騒音である。一時間もたつと、さしもの私もすっかりへたばってしまう。ふと、あの静かなパリのオート・クチュール・ショウはつくづくよかったな、と思い出してしまう。たしかボードレールの詩「旅への誘《いざな》い」だったかで、人間の至福の状態をluxe（リュックス＝ぜいたく）calme（カルム＝静寂）volupté（ヴォリュプテ＝悦楽）の三つの単語で表わしていたけれど、今の多くの日本人が、カルムの価値に弱いのは、真にぜいたくや悦楽の体験がなかったからではないのか。たとえばオート・クチュールで服をつくろうといった階級の人を前にして、ドレスを見せるのに、日本のように音楽など鳴らしたとしたら、高級な客たちは、「ふざけるな！」と席を立つにちがいない。ナレーションさえうるさがる、ぜいたくな人たちなのだ。主催者のあいさつもなく、時間が来ると、番号札を片手に持ったマヌカンが音もなく現われ、風のごとく通り過ぎる。しかし客のほうはずっとリラックスして、おしゃべりもする。もし気に入った服が現われると、嘆声とともに拍手を惜しまない。メゾン（店）の命運を一身に背負うデザイナーは、その拍手が起こるのを、舞台の陰で今か今かと聞き耳を立てて待っている。まさに壮絶な時間なのだ。

そういえばパリのカフェやレストランでは、音楽は絶対にやらないのがサーヴィスであった。静かに瞑想にふけったり恋人と語らうのに、いかにも音楽は余計ものだ。サルトルはいつもカフェで哲学を論じ、小説を書いた。手紙を書く人のために、切手もポストも置いてあるカフェが、街じゅう至る所にあるのだ。

選挙の時期ともなれば、東京では朝からうるさい連呼が続く。これを「狂ってる」「異常だ」と新聞で批判するのは外人記者ばかりで、東京の人たちが文句一ついわない不思議さ。海山に行ってさえ、拡声器から出る演歌で自然の奏でる音をかき消して平気な日本人は、どうも世界一の音楽愛好民族なのかもしれない。家に帰ってもしテレビをひねりでもすれば、それこそ歌と音楽のとぎれるときがない。そういえばウッディ・アレンの『インテリア』という映画は、音楽をまったく使わないことで傑作になっていたが……。

十年前、パリのファッション・ショウに突然音楽を持ちこんで、世界をあっとびっくりさせたのは、わが日本代表のケンゾーであったが、これにはそれなりのやむにやまれぬ理由があった。

　ケンゾーはプレタ・ポルテ専門だから、グラン・クチュリエのような、常勤の専属マヌカンもしゃれたサロンもない。だからプレタ・ポルテ作家は、それまでショウをやろうなどとは考えもしなかったのだ。しかしケンゾーだけは、マヌカンやサロンなしでも、立派にファッション・ショウをやっている日本のことを知っていた。他のメゾンから専属マヌカンを借りてくるわけにはいかないから、自由業の写真のモデル、つまりカヴァー・ガールを使う。カヴァー・ガールは美しいけれど、たぶん歩くのは下手だろう。それなら歩く代わりに踊らせればいい。踊らせるには音楽が必要。それにはサロンより舞台をつくらなければならない。売れっ子の写真のモデルなら、一時間何万円？……それで回数を一度だけとし、その代わりあらん限り広い会場で、はるか遠くからでも見えるように照明効果を考える。そんな日本式のミュージカルふうファッション・ショウが、驚くべきことに、その後はすっかりパリにも定着してしまった。もちろんプレタ・ポルテの場合だけだが。

つまりここに集まる大観衆は、世界中からやって来るプレスとバイヤーだけ、いわばエトランジェ（ヨソ者）といおうかお上《のぼ》りさんといおうか、すっかり興奮し満足して、万雷の拍手を惜しまない……。大成功であった。少なくともそこでは、音楽がうるさいなどと席を立って帰るようなスノッブ人種は少数派で、そこがオート・クチュールとプレタ・ポルテの本質の違いを示しているといっていい。仕立てや布地の美しさよりも、珍しいアイディアとデザインを売るプレタ・ポルテなら、近目より遠目のほうがいいのは当然だし、合理的だった。プレタ・ポルテのショウはこれに限ると、今ではサン・ローランやジヴァンシーまでが、プレタ・ポルテに限って音楽入りに転向した。

こうなると音楽の役割というものは、プレタ・ポルテの安っぽさをカヴァーするためには欠かせない、いちばん重宝なもの、という答えが出てきてもやむをえない。それはファッションだけとは限らない。映画もテレビも街も峠の茶屋も……。だが、それでいいのだろうか。音楽抜きでも耐えられる、それぞれの独立した〝美〟について、日本人はもう一度考え直してみてはどうだろう。

あるファッション・ショウの会場で、珍しく石津謙介さんに会った。たくさんの若いデザイナーの卵たちで、会場はすでにあふれんばかりであった。石津さんは笑いながら「すごいなあ、この人たち。まるで学校だな」と、うがったせりふを私に残して消えていったが、たしかに日本のファッションの特徴は、生活である前にまだ学校なのだ。この特殊な状況は、誰も無視できないだろう。ファッションを勉強する生徒がこんなにたくさんいて、高い入場券を買うのがあたりまえみたいになっているのだが、ファッション・ショウはあくまでも洋服の新作見本市、お金を払って見るものではない。

しかもこの特殊な状況が、日本のデザイナーに悪い結果をもたらした。つまり気の弱いデザイナーは、お金を払った客に対して過剰なサーヴィスを考え、つい本来の新作発表が、奇妙なエンターテインメントに化してしまう。つまり、音楽、照明、演出などに振り回されながら、つい洋服が変質して、まるで学芸会か日劇ミュージックホール用、といったものになってしまったのだ。

もしプロポーションのすばらしい外人モデルが、ボディタイツを着て舞台に出てきたら、私など、それだけでも入場料を払ったかいがあったと思うだろう。しかしそれは絶対に洋服ではない。デザイナーの堕落としかいいようがないのである。垂れ尻の日本人モデルが同じ光るタイツで出てくると、その思いは急に吐き気に変わる。実際にこんなものがはやりでもしたら、私は外出恐怖症にもなりかねないと思う。

「でも、舞台衣装とファッションとはいったいどこがちがうの？　新しく美しいデザインだったら、どっちだっていいじゃない？」なんて若いデザイナーの卵ならいいそうだが、実はこれがたいへんなちがいなのだ。

舞台衣装というのはあくまでも舞台の中だけで美しく、実生活では決して美しくないもののなのだ。いいかえれば舞台を見てどんなに美しいと思っても、それが実生活の上ではちっともほしくはならないものということになる。そこがファッションとはちがうのだ。ファッションは必ず自分がほしくなるものでなければならない。みんながほしくなって、たくさんの人がそれを着るからファッション（流行）となるのである。

カルダンが発見したズン胴ヤナギ腰の美しさ

たぶん十数年ほど前のこと、パリのドゥ・マゴのテラスでだったと思う。カルダンのトップ・マヌカンだった松本弘子さんが入ってきたとき、ほとんどいっせいに何百の眼が注ぎ、そしてほんの一瞬ではあったが大きなどよめきが起こったのを見たことがある。それほど目立って美しかったのである。私も彼女がパリの中でそんなに目立つ存在だとは……と改めてびっくりしたくらいだ。そしてなぜかとてもいい気分に浸ったことを覚えている。

フランス文化というのは、美しいものなら国籍などは関係なく認めてしまうような、美に関してはきわめて貪欲《どんよく》なところがある。松本弘子を日本でみつけだし、パリに連れていってしまったカルダンも、フランス人ではない。イタリア生まれの芸術家である。彼が彼女に惚《ほ》れたのは、あの腰の細さにちがいないと私は思った。それは、カルダンのその後のコレクションを見れば一目《ひとめ》で分かることだった。カルダンは日本に来て、彼女の類《たぐい》まれな「柳腰」の美しさに強烈なインスピレーションを受けたことは間違いのないところで、あのエレガントな細身のドレスたちは彼女がいなかったらたぶん絶対にこの世に生まれ出ることはなかっただろうと思う。

それはまるで細いチューブのようだから「チューブドレス」なんて日本ではいわれたこともあったけれど、これら一連のフーロー（莢《さや》ドレス）をカルダンが急にそのコレクションに打ち出して注目されたのは、彼が彼女を発見してからだ。

私もファッション・ショウで見たが、それはまるで白い細い蛇のようだった。パリのマスコミも大騒ぎだった。私は『ジャルダン・デ・モード』誌から頼まれて、彼女をデッサンすることになり、ときには彼女をカルダンのサロンに訪ね、ときには『ジャルダン・デ・モード』のアトリエに来てもらったりした。

その日のデッサンにはディオールやパトゥのモデルたちも用意されたのだけれど、ヒロコの美しさは彼女たちにとって羨望のマトだった。

「信じられないわ、あの小さなヒップ」

「日本人っていいわね、あんなに細いドレスが着れるなんて。どうして私のお尻はこんなに盛り上がってるのかしら、イヤんなっちゃう」

あとでヒロコ嬢が私に笑いながらこういったものだ。

「おかしいでしょ、彼女たちは私のお尻が垂れ下がってることや、脚の短いことなんかちっとも気がつかないで、ヒップ、ヒップって、それぱっかり気にしてるんだから……。あんな長い脚や腕をしてて何ゼイタクいってんのよって思っちゃうわ」

たしかにカルダンのフーローは人体のいちばん太いお尻さえ通ればその他は全部が入ってしまう、ただそれだけの、ひたすらに細さを見せるドレスだった。どんなに脚が長くどんなにウエストが細くひきしまっていても、そんなことよりもヒップさえ細ければ着られるといったものなのだから、ほかは細くとも必ずヒップだけはぴちっと張ってる西洋人には、まことに不向きなのであった。カルダンのキャビンではモデルたちの間で自分のヒップを歎くのが一時流行《はや》ったほどであるという。

人体に巻きつける和服の場合と同じように、その細いシルエットを決めるのがいわゆる柳腰であることは私たちのほうが先刻承知のことである。柳腰とは細いお尻のことだが、その代わりにお尻が垂れ下がって胴長ズン胴となってしまうのはいたしかたない。その細い胴長が西洋人を羨望させるあの蛇のようなチューブドレスをカルダンに創造させたわけだ。そのときヒロコの存在がなかったら、たぶん新しいカルダンは生まれなかったとさえ私は思ったものである。

西洋ではあらん限りウエストを細くしぼり、したがってその下にヒップが張り出す蜂のような立体造型が女体美の基本だった。ウエストのしぼりもヒップの張りもないズン胴でスリムな人体といえば、女性ではなく、むしろ男性の、とくに少年のそれとなってしまうわけだから、そうした造型を成熟した女性の服に少年美としてではなく、女性美として持ちこんだカルダンはもともと革命的なセンスの持主だったと思う。彼がもし当時の遅れた日本の服装界から立体裁断の先生として招《よ》ばれることがなかったら、そしてそこで日本女性のたくさんのズン胴、柳腰の美しさに出会うことがなかったら、いかなる彼の才能をもってしても、あのエレガントなスリムラインは誕生しなかったであろうと思われる。

日本女性のズン胴や短足が西洋人も羨む人体美だったとは、それが日本人デザイナーからではなしに、パリのカルダンから教えられねばならなかったとは、まことにもってまわりくどい話ではないだろうか。

目立たないのが、ほんとうのおしゃれ——25歳の女性とパリで

私「若い子が若いというだけで大きな顔をしてるのは、世界でもまず日本だけじゃないの？」

彼女「でも女性が少しでも若く見られたいというのは世界共通でしょ？」

私「うんと年をとっちゃってからは少しでも若く見せようなんだろうけど、若いうちは少しでも大人の女に見せようと背のびするのがこちらの風潮だよ」

彼女「日本では、やたらに若けりゃ若いほどいいっていうところが男にも女にもたしかにあるわね。二十歳や二十五歳すぎるとオバン、オジンと呼ばれたりね」

私「だってこちらでは大人にならないと、おしゃれだって夜遊びだってなんにもいいことは自由にできないからね。日本とちがって人間の自由もおしゃれもあくまで大人社会の専売特許だから、スネカジリのうちはどんな金持の子弟でも、みんなとても地味で不自由らしいね。それに、フランス人はフランスが有名ブラ

ンドものを外国人に押し売りしてもうけてることをよく知っているから、お金のよほど余ってる階級でもない限り、そんなものには見向きもしないらしいよ。年に二回の夏と冬のソルド（バーゲン）で値段が半値以下になったりするのを待って買うくらいで、それ以外ではどこからかうんと安物（コンフェクション）を探し出して、それらをけっこう上手に着こなしてしまうんだよ。日本のOLたちみたいに、ブランド物で身をかためたり、高いブティックのプレタ・ポルテなんか着ていない」

彼女「そうなのね。だから私なんか日本から持ってきたもの、みんなハデというか、ファッションぽすぎてダメなの。人よりチビのくせして洋服ばかり目立ったら恥ずかしいだけ。だから、おしゃれはいかにして目立たなくてしかも素敵にするか、それがいちばんむずかしいっていうの、私、パリに来て初めて分かったわ。高い授業料払ったみたいだけど……」

私「こちらの人って、モデルみたいな特別な職業の人でないと目立ったかっこうしてる人なんか一人もいやしないしネ。だってあれは宣伝だものね」

彼女「そうなのよ、日本でつくったの着て歩いてると、ふと、チンドン屋みたいな気になったりして……。さすがに私、日本から持ってきたルイ・ヴィトンのショルダーはやめちゃったの。フランス人なんて誰もしてやいないじゃないの？　私たち日本人か、でなかったら、英語しゃべってるアメリカ人くらいなのね。よかったら長沢先生にあげちゃおうかしら？」

私「イヤだよ。オレだって恥ずかしいさ」

彼女「だって先生、ランセルのバッグをいつも持ってるじゃない？」

私「あれか？　あれはブランドものの中ではいちばんさっぱりして目立たなくていいから。適当なのがあれしか見つからなかったんだ。そういう時はしょうがないじゃないの？　だからあのLの頭文字の縫いつけをはがしちゃおうと思ってるんだ」

彼女「そしたらこんどはランセルのにせものと間違えられちゃうわよ」

私「けっこうじゃないの。そんなことちっともかまいやしないさ」

彼女「でも目立たない服っていうのがいちばん高くつくわね。あたりまえのデザインっていうとデザインの奇抜さより質で勝負っていうわけだから」

私「高くたって質がよけりゃ結局は安いさ……」

男たちの制服、夜のフォーマル・ウエア

昼間のオフィス・ウエア、スポーツ・ウエアなどと対極の位置にある服装が夜のフォーマル・ウエアだが、西洋人は夜になるとなぜフォーマル・ウエアを着たがるのか。その基本のリクツは、そうした生活文化を知らない私たちにはいちばん分かりにくいところなのである。

フォーマルというと決まった形とか正式の服という概念から、礼節の国日本ではまず礼服と解釈されてきた。正式の場所には正式の服で出ないと、なによりも「無礼」となることを皆が恐れたからである。

しかし日本人が戦後ようやく西洋に気軽に出かけられるようになって、たとえばニースやモンテカルロのカジノでも覗《のぞ》こうものなら、いわばこの西洋博打《ばくち》場で遊ぶ紳士淑女が、例外なく立派な礼服に身をかためているのを見てびっくりし、そして首をひねるはずだ。

〈遊びにいくのになぜわざわざ礼服を着なければならないのか〉と。

これは日本人の常識から、とても素直にとび出してくるギモンにちがいないのだ。素直に西洋人に向かってこの質問をしたとすれば、たぶん「遊びにゆくのだからいちばんいい服を着るわけよ。もちろん仕事にいくのならいい服なんていらないわけでしょ?」と、こうくるにちがいない。

そういえばあちらのサラリーマンで、朝起きると、とりあえず顔も洗わずに会社に駆け出してゆき、夕方仕事が終わって家に帰ってから初めてヒゲをそり、シャワーを浴び、入念に髪をととのえ、そしておしゃれな夜の服に身をかためるのを見たことがある。

会社に行くのに日本のOLみたいにいちばんいい服を着たり、念入りなお化粧をしたりするのは、まるで仕事場を遊び場と間違えているか、それともフマジメで仕事などやる気がないかくらいに彼らの常識では判断するのかもしれない。

だから、日本の若い女性向けの雑誌などから、「高校を卒業して初めて会社に勤める人のためのおしゃれについて先生から何かご注意を……」なんてコメントを、毎年一つや二つ求められるのだが、そのたびに私は、「いちばんいいのはなんにもおしゃれなどしないことです」と答えているのだ。そして「なぜなら、おしゃれとは勤めが終わって、自由な男と女にそれぞれがなった時点から始まるからなのです。仕事場では、おしゃれでなく、身だしなみで十分です」と追加するのも忘れない。

たしかに女の子にびらびらしたファッションの服など着て職場に出かけてこられたら目ざわりで、女性社員も対等の仕事仲間と思う男なら、まいってしまうだろうと思う。

もしあなたがお茶汲みばかりさせられて、いつまでもロクな仕事がまわってこなかったら、それはたぶん自分の服装にも問題があったのではないかと反省してもいいかもしれない。お化粧もファウンデーションと薄い口紅までで、マニキュア、濃い口紅、アイシャドウやパウダーのメイクアップ類は不用だろうと思う。

おしゃれというものが、各自の昼の勤めが終わったあとに始まる夜の「自由」な個人生活の上に花開くものであるということは、われわれ日本人にもリクツとしてはよく分かるのであるが、まだよく分からないのが、なぜ夜の自由な遊びの時間に、自由とは反対のフォーマル・ウエア、つまり堅苦しい礼服をわざわざ着なければならないかということだ。自由に遊ぶなら自由で気楽な服装こそが最もふさわしいはずではないかというギモンである。

とくに男にとって夜のフォーマル・ウエアといえば、正式には燕尾服だし、略式といってもタキシードだ。それも女のはフォーマルやデコルテといってもデザインがあんなに自由なのに、男のに限ってキチンときまりきったユニフォームでなければならない理由は、いったい何だろう？ それでパーティだの、カジノだのというところで遊ぶ気持がいったいどういうものなのか、日本人にはよく分からないのである。

これにはリクツなどよりも先に西洋の男と女の歴史があったと私は思うのである。男がフォーマル・ウエアを着て遊ぶのは、遊びの主人公が男であり、女は男にとって遊びの対象だったからなのだ。美しい女を男たちだけで楽しむために、男たちだけのユニフォームを考え出したのである。たとえば男たちが野球をして楽しむためにみんなで揃いのユニフォームをつくろうとするのとまったく同じ発想なのだ。自分たちだけ揃いの服を着た遊びの主人公たちが、女にはあらん限りの自由でハデな服装を競争させて、それを楽しむ……という段どりなのだ。男に女のような自由なデザインが必要でないというのは、男は美を楽しむ側であって決して女たちに楽しみを与える側ではないという男中心社会のルールにちゃんと適《かな》っているわけだ。

5　街の中でのエレガント・マナー

なぜ声を抑えて美しく話せないのか

「さようなら」と別れてからも、後ろ姿が小さく消えるまでいつまでも手を振ったり「さようなら」を繰り返しいいつづけたりして見送る情景がある。このいかにも日本的な情景はとてもセンチメンタルだから多くの人が好きらしいのだけれど、これを都会のアパートやホテルの廊下などでやられると、とても近所迷惑で困るのである。友人の家族を訪ねたとき、こんな体験をしたことがある。

エレベータを待ってる間にふと後ろを振り返ったら、友人の家族たちはまだ廊下に出たっきりで私を見送っているではないか。仕方なしに私はもう一度会釈を繰り返してみた。するとどうだろう。たった今したばかりの挨拶が、百メートルも遠くのほうから大声で再開されてしまったのだ。

「サヨーナラー」

もう夜も十二時近い時刻なのだ。それなのに「じゃあネー」「じゃ明日ネー」などとそれぞれが叫び出したのだからたまらない。すっかり寝静まっていたアパートの人たちは突然の奇声にどんなにびっくりしたことだろう！　私は思わず口に人指し指を当てて「シーッ」というゼスチュアをしてみせた。そして「どうぞもう部屋にお入り下さい」というゼスチュアまでつけ加えねばならなかったのである。

こういう苦い経験は今までに何度となく味わっている。部屋の中で一度「さようなら」をいって出てくればそれですむことなのに、それだけでは「申し訳ない」とか「あっさりしすぎている」といった感じ方が日本人の心の中にはあるらしい。

それでこのごろは訪問先で別れを告げるとき、私は相手が日本婦人だった場合には、失礼なようだが必ず注意を与えることにしている。

「もう廊下までは絶対に見送らないで下さいね。実はこの前もホテルで大声でさよならをやりあっていたら、西洋人の女の人がわざわざドアをあけて、ジャポネ、ダマレ！　ってオコっちゃいましたよ」

するとど、

「ホントに西洋の女の人ってよくどなりますのね！」

自分の大声はすっかりタナに上げてこの返事なのだから、日本女性の大声は当分やみそうにない。ことに外国旅行中は言葉が通じないためのウッセキもあって、偶然にどこかで日本人と出会ったりすると、セキを切ったように日本語がとび出してくる。そしてたちまち声のヴォリュームがあがってしまうのである。それが街中でならまだしも、静かなホテルの廊下だったりしたら、もう迷惑このうえない。あるホテルでのこと、夜遅く帰ってきた二人の日本婦人の話し声は実に遠くのほうから始まって、それがやっと私の部屋の前を通りすぎ、また遠くに消え去るまで、ゆうに十分以上もかかったことがある。どうも、ときどき立ちどまって話しこんでしまうらしいのだ。そして「キャッキャキャッキャッ」とまるで動物のような笑い声まで混じるしまつ。たった二人でしゃべってるのになんであんなに大声が必要なのだろうか。

そういえば、おしゃべりにおける必要にして最小限の音量の訓練という教育が、わが日本の作法にはなかったのである。たとえばディナーのときにみんなで楽しいおしゃべりをするのは、むしろあちらの大事なエチケットだが、その声の音量が決して他人のおしゃべりの邪魔にはならない程度の大きさであること、このコントロールの訓練がわが民族には欠落していたのだった。

何かで読んだことがあるのだが、イギリスの小学校の給食の目的が実にこの教育のためだというのを知って驚いたことがある。つまり学校給食の目的のひとつは、集団で食事をするときの美しい会話が、はたしてどれだけの声のセーヴを必要とするかを身につけさせることだと……。これは家庭ではできない、学校だけができる訓練だということも書いてあった。それが日本の学校給食ときたら、いまだ、変てこなスプーンは是か非か、なんかをやっている。

また、ある日本の新聞記者が、アメリカ大統領の選挙風景で何千人ものディナー・パーティを見たとき、いちばん驚いたのがその静けさだったということも伝えている。何千人もの人がそれぞれに楽しくおしゃべりをしながらディナーをとっているのに、その会場の静けさは想像を絶するほどだったということだ。これはとても日本人の大パーティなどでは望めないことだろう。

私はテレビを朝だけ見る。

朝起きてコーヒーをいれ、パンを噛《かじ》り、そしてウンチをし、バスを使う。その一、二時間の間は新聞も読めないから、テレビのニュースをかけっ放しにするわけ。ところがニュースが途切れて突然に朝のドラマが始まったりする。これはいけないとスイッチを切ろうにも、ちょうどそのときバスタブの中にいたりするわけだ。このドラマでいつも困るのは、とにかく若い女の子たちがやたらに調子づいた大声をはりあげてしゃべったり笑ったりする場面が多いことである。やかましいったらありはしない。NHKの朝のドラマはいつでもそうだ。朝のドラマにはなぜもっとエレガントな、小声に抑えて発声の美しい若い女性が出てこないのだろうかと思う。

食べ残しは知的でない

文化学院の帰りに毎日アテネ・フランセへ通っていた時代があった。フランス風マンサードのある緑のペンキ塗り木造三階建の古い校舎を懐しく思い出すが、もっと懐しいのがG・コットというフランス人の校長先生だ。上品なゴマ塩頭のとてもいい顔の老人で、フランスでは元貴族だったとかなんとかと囁《ささや》かれていた。そんなカッコよさに私はひそかに憧れていたものだ。

地下室はカフェで、休み時間になると生徒も先生もゴチャまぜの混雑となり、ネダンは忘れたがとても安かったからだろう、貧乏学生の私も必ずそこでコーヒーを飲んだものだ。

早くフランス語がうまくなってコット先生とも平気でしゃべれるようになりたいと思ったものだ。そういえば他のフランス人の先生は生徒たちとみんな仲良くおしゃべりしているのに、校長先生だけはほとんどしゃべらず、黙ってコーヒーを飲んでいたように思う。そして驚いたことには、飲み終わったカップの底に溶けずに残った砂糖をスプーンの先で器用にすくい出して、ペロペロとなめるのである。日本に砂糖が不足していたころの話ではない。それなのになぜこの校長は必ず砂糖をペロペロとなめるのか、それともこれがフランスの貴族式なのか、などと思いながら見ていたわけだ。

私もさっそくフランス貴族をマネしてみた。たちまちに、コーヒーの浸みこんだ砂糖の味は、なかなかいいものだというふうに理解した。

コーヒーはできるだけ甘く、いつも砂糖をたっぷり、溶けきらないくらいたくさん入れてかきまぜるのが、私のその後のコーヒー作法となってしまったのである。私はアテネ・フランセに通いながら、フランス語よりもコーヒーの味のほうをよく教わったのかもしれない。それ以後の私の人生にコーヒーはなくてはならぬものとなってしまったが、フランス語のほうはもはやどうでもいいようなものとなった。

お金がなくて街のコーヒー店に入れないときは家に帰り、自分でいれて何杯も飲みたいだけ飲んだものである。その後私の家にくればいつでもコーヒーが飲める、というのが友達の間で有名になり、それはそれから何十年も続いている。いまだに私を突然襲っては「セツさんのコーヒーが飲みたいのよ」なんて来る古い女友達が絶えない。それなのに私のいれたコーヒーを茶碗の底に平気で残しておく人がいる。それがまことに多いから頭にくるわけだ。なぜ女はコーヒーを最後までキレイに飲めないのか、と。

「残す」といえば日本女性にはレストランで料理やメシを残す人がきわめて多いのである。残すくらいならはじめからボーイがとってくれるときに「もうたくさん」と優しく断わればいいものを、黙って最後までつがせておいて残すとは、何という無作法か！

それは自分の食べたい分量がはじめに自分で計れない愚かさゆえなのか、食べきれないいくらい余計にほしがる欲ばり根性からなのか。しかし料理したほうから見れば、まずくて残したとしか見えないのであるから、ますますいけない。

ところがある日きいてみると、決してまずくて残したのではないと、なんとも奇妙な返答が返ってきたのである。

「キレイに平らげちゃうなんて、女としてハシタナイみたいで……」

それはあまりにも見当違いの気取りというものである。

レストランでは女王のごとく

「店の中に黙って入ってきて、黙って出ていく日本婦人が多いが、せめて『今日は』の挨拶くらいしたらどうか」とあちらのブティックの店員にいわれたことがある。「日本では人の家に入るのに挨拶はしないのか」ときくのである。

「そういえば他人の家に入るときは挨拶をするけれど、店に入るときは必ずしもそうしないようだな。きっと店を他人の家とは思っていないいんだろうね。道に向かって開かれているものは道の一部と考えているのかもしれないよ」
「なるほど。そのリクツも成り立つが、黙って入ってこられるとてもコワい。せめて日本語でもいいから『今日は』のひとことが出ると、こちらも笑顔を返すことができるのに……」

挨拶もせず黙って入りこんで、勝手に棚のものをひっぱり出したら、泥棒や強盗と間違えられてもいたしかたないわけだ。店員に「さわらないで！」とどなられて逃げ帰る日本人はとても多いのだ。そして「あのお店コワかったわねエ」なんてケロッとしている。もすこしどうにかならないものだろうか。

カフェやレストランでも店のボーイにどなられてる日本女性の集団を見たことがある。たぶん買物に疲れてどこかでお茶を飲み、ひと休みしようということになったのだろう。とあるカフェに入ってみると席がない。五人とまとまった席などはめったにないものだ。それがすぐにはみつからないので、中に一人だけいつもこういうことにはよく気のきく親切な女性がいて、奥の空いている椅子《いす》を一つみつけて運んできてしまったのだ。

それをみつけたボーイがとんできて、せっかく坐った彼女たちをたちまち追い出してしまった。彼女たちは鳩が豆鉄砲を食らったようにびっくりして外に出た。そして「不親切ネエ！」と憤慨している。

他人の家のインテリアをよそからきた人が勝手に移動することについて、私たちはさほど罪悪感を持たないらしい。たぶん日本式タタミの生活で、常にファニチュアを片づけ動かして生活してきた長い習慣があるからだろう。しかし西洋式住まいでは、ファニチュアは原則としてそこの主人によってよくレイアウトされ、セットされていて、それを他人が移動する権利はないのである。それは店でも同じこと。しかもそこにはもう一つ複雑な条件が重なっていて、店のテーブルや椅子を客が勝手に移動するのは厳禁なのである。

テーブルと椅子は番号にしたがってボーイの持ち分がキビしく決められており、同じ店のボーイでも自分の持ち分でないテーブルの客には、どんなに頼まれようと絶対にサーヴィスをしてはならない。チップの習慣のない私たち日本人にとって、ちょっとそこまでは理解がゆき届かないのである。ボーイの一人がちょうど自分のそばにきたからと用を頼んだとしても、そこが自分の持ち分でなければ、彼は返事もしてくれないのだ。もし返事などしたり、用をきいたりしたら、ボーイ同士の職権侵害になってしまうわけだ。だから店に入ったらまず自分をその席に案内してくれたボーイの顔をよく覚えておかないと、とんでもない間違いをおかすことになる。最後の勘定も彼でないと受けとらないのである。

ボーイは日本とちがってほとんどの場合、店の単なる従業員としてではなく、そのテーブルや椅子に権利を持った独立した職業として働いている。だから日本のボーイみたいに一時の腰かけ仕事として転々と職場を替えるということもなく、一生の仕事（近ごろはそうでもなくなったそうだけれど）として、年とった老人のヴェテランボーイが同じ店にいつまでもいつまでも働いている。何年ぶりかに思い出して、ふと昔行った店に立ち寄ってみたりすると、奥から前と同じボーイが出てきていかにも懐しそうに挨拶してくれる。こんな情景は、恐らく東京の銀座や新宿の喫茶店やレストランでは考えられないであろう。

自分の仕事に誇りと責任を持って実にこまめにサーヴィスしてくれるわけで、したがってチップもたくさん入るわけだが、こうしたシステムを知らない私たちは、つい店のボーイの存在など平気で無視し、ボーイに頼むことをせずに自分で何もかもやってしまうのである。

店に入ってボーイに案内させずに勝手にズカズカと奥に進んで、自分のみつけた席に坐るのもいけないし、ましてや友達の分の椅子をどこからか寄せ集めてくるなんてはとんでもない職権侵害なのだ。

これは日本の街の店でも実行すべきことなのだ。なぜ女性たちはもっと堂々としないのか。家庭から解放された女性として、街では完全に自由な一人の個人であろう。その威厳を絶対に崩してはなるまい。そうでないとボーイたちもサーヴィスが実にやりにくいのである。

だから日本でもしかるべき店に入ったら入口で立ち止まり、ボーイが迎えにきて席に案内するまで、女王のごとく構えて、絶対にそこを動いてはならないという、この習慣が大事なのだ。そしてボーイに、自分たちは何人だから、その分の席があるかどうかと訊ねなければならないだろう。そこで初めて、ボーイが席をつくってくれるのである。決して客がその手伝いをして椅子など運ぶ必要はないわけだ。

また、外国のホテルでせっかくポーターやボーイが仕事を待っているのに、トランクや荷物を運ばせないで自分でそれを持っていく人も日本人には多いのである。自分のことは自分でやるといういい躾《しつけ》も、時と場合によってはケチンボーのエゴイストになってしまう。他人の職業を少しでも敬う気があったら、せいぜい一個百円也のトランク運び代くらいはちっとも惜しくはないではないか！　もちろん、日本のホテルではチップはいらないが、自分で荷物を運ぶ必要など、やはりないのである。

さて、もしあなたが食事の途中で、ナイフを床に落としたり、ときにはトリの骨をソースごと立派なじゅうたんの上にひっくり返したとしよう。そのときとっさに慌《あわ》てないことが大事なのだ。自分のナプキンでは足りなくてハンドバッグからハンカチをとり出して骨を拾いあげてみたり、じゅうたんをふいてみたりする必要はまったくないのである。まずボーイをみつけて手を挙げて呼ぶこと。それも女王なら自分ではしないで、いっしょの男性にそっとボーイを呼んでもらうだろう。そしてボーイにことの成りゆきを説明し、そこをキレイに掃除させることが本筋なのだ。外国のレストランなら、あとでチップをどっさりあげなければならない。チップをけちる気持があるものだから、自分であられもなく掃除など始めてしまうと思われてしまうわけだ。チップ以外は、日本のレストランも外国のレストランも、食事のマナーは同じことなのである。

事件もないのに走る女たち

そういえば街を楽しむとかゆっくり通りを散歩するとかいう伝統は日本にはなかったのかもしれない。街はひたすらに通行を目的とし、人がただ急いでかけ抜けるものとされていたようで、いつかも新宿地下道でフォーク歌手たちがプロテストソングを歌い出したとき、おまわりが、そこで立ち止まってはいけないと群集を追い立てたものであった。

立ち止まらずに少しずつでも歩いているのがよしとされ、もっとよいのはうんと急いで歩くこと。少しでも早く歩き、さらにかけ出したりするのはいっこうにトガメられない。だが、西洋の街で人がもしかけ出したりしようものなら、何事が起きたかとゆっくり歩いていた人たちが一様にびっくりしてしまうのである。ことに女性が通りをかけ出したりしたときは、時ならぬアクシデントが起きたものと思って間違いがないのだから、街じゅうがストップしてかけ出す女を振り返って見るだろう。それがいつも日本からきた小さい女性なのだから、彼らもすっかり覚えてしまい、このごろではあまり振り返らなくなったのだそうだ。

つまりせっかく「何事か」と振り返ってみれば、それが横断歩道の信号が青になったから「早く!」とか「バスがちょうど来たから早く!」とか、実にくだらないことでかけ出すわけなのだ。それは日本人なら誰でもやることなのに、西洋の女性は(男性も)それくらいのことでは絶対にかけ出さないのである。バスならどうせそのあとにすぐ来るからと思っているし、横断歩道など赤だろうが青だろうが少しもかまわずにゆっくりと歩いて渡るのである。信号は歩行者を止めるためではなくて自動車を止めるためのものと思っているらしいのだ。おまわりだって赤信号の中を平気で渡るのである。

かけ出す女たちは、もちろん日本の街でも決してエレガントには見えないのである。

お酒を飲むなら、おしるこのように

日本人が他人を批評して酒が強いとか弱いとかいうとき、いったいそれは何を意味するのか。単にたくさん飲めるか飲めないかをいうこともあるし、たくさん飲んでもなかなか酔わないとか、少しでもすぐに酔っぱらうとかを指すこともある。そして面白いことには酒に強い人を男らしいといい、弱い人は男らしくないか、魅力に乏しい男性という評価を受ける。酒の飲めない男なんては男のクズでしかないということになっている。

男のネウチが酒で決められるようなそんなバカな酒ならきっぱりとこちらからお断わり、とある時点ですっかり私は酒嫌いになってしまった。

そんな私だって学生時代のコンパなどでは酔っぱらって街を彷徨《ほうこう》し、人並に吐いたりしたことだってあるのだから、酔っぱらいの気持が全然分からないというのではない。要するに酒に酔うところまでならまだ許せるのだが、男が男らしさに酔っぱらってる風景だけは、どうにもガマンができなかったのだ。

いつの間にか私は酒嫌いで通るようになった。酒のつき合いがなくなって、急に世の中が爽やかになった。その後の恋愛も友情もまったくの酒気抜きで展開していったわけで、すべてが正味の味わいになれたのである。

しかしもともとは酒が好きなので、飲み出すとてもおいしい。日本酒もウィスキーもワインもブランディもである。ビールだけはちょっとニガテだが、空気の乾燥しているパリで散歩の途中飲んだ「アン・ドゥミ」（二分の一リットル）は、水よりずっとおいしかった。ただ日本式の大ジョッキや大瓶がニガテなのだ。日本酒だったらおチョウシに一本か二本。もうそれ以上は誰が何といおうが飲まない。

酒というのは、一定の限度をこえると急にまずくなってしまうのだ。まずくなってもガマンして飲んだ昔のガマン精神が、年齢とともにすっかりなくなってしまったのである。ウィスキーは水割りやオンザロックは嫌いで、ダブルのストレートが限度、それをコニャックみたいに手の平で温めてチビリチビリやるのが好き。

おいしいうちはピッチがやたらに速くて、他人がついでくれるのなど待ちきれず、つい自分でついでやり出すものだから、友人は大いに慌《あわ》て、酒がキライだってばっかり聞いてたんだけど」

「セツさんってズイブンといけるんじゃないのさ」

「そうなんだよ。だからもうすぐキライになっちゃうから見ててゴランよ」

さしつさされつの友情はだからさっぱりなしで、自分は自分のペースで勝手な酒を飲む……。そんな酒の飲み方だから、私を街に誘い出す酒飲み友達はもはや一人もいなくなってしまった。

私にこんな酒の飲み方を教えてくれたのは、もちろん日本ではなしに外国である。食事のたびにブドー酒を出され、まるで日本のミソ汁みたいに料理や肉を食べながら一口ごとにワインを飲む、あの習慣が、私にとてもぴったり合っていたのだった。そのとき飲むのはドゥミの小瓶か、四分の一リットルがせいぜいだ。うっかりそれ以上飲むと、たちまちあの酒酔い状態に陥り、まず睡魔に襲われ、午後は全部フイになってしまうのである。残すのがモッタイなくて最後の一口が多かっただけで、たとえばせっかく日本から見にきたオート・クチュールのコレクションですっかり眠ってしまうようなことは、案外に多いのである。

これくらいのブドー酒で酔っぱらってしまうのは西洋人にはいないらしく、みんな私の倍以上も飲み食いしてから、悠々と自動車を運転して帰ってゆくのだ。ワインを飲んで飲酒運転だと取締まられた話はまだ聞いたことがない。だって取締まりのおまわりだって、昼の食事がワイン抜きだったとしたら、そんなの人権侵害だといってもう働かなくなるだろう。

だからといって酔っぱらい運転があちらで認められている、というのではない。同じように酔っぱらい運転はやはり禁止されているのだから、彼らは酒を飲んでも酔わないだけなのだ。そこが日本の酒飲みと違う。彼らにとって酒はおいしく飲むもので、それ以外の何ものでもない。酒はどんなに飲んでも、絶対に酔ってはならないのである。酒に酔っている人を見ると、市民からたいへんな軽蔑を受けることは間違いなく、一度それがみつかったら「変わった人」といって二度と相手にされないだろう。

日本にいる西洋人で、この変わった人たちが夜な夜な集まってくる、無秩序な歌舞伎町の夜に、かえっていっぺんで惚《ほ》れこんでしまったりする人もいるけれど……。

たしかに外国の街では絶対に見られない日本特有の名物の一つは、夜の盛り場をふらつく酔っぱらいである。前後不覚に酔っぱらっても、とくに危険や不安もないとしたら、それも世界に誇れる立派な日本名物といえるかもしれない。しかし酔っぱらったはてに、ところかまわずゲロを吐くのも日本名物なのだ。これはさすがに女性には少ないようだ。幸いに私はまだ見たことがない。夜の電車の中でゲーゲーやってるのがほとんど全部ネクタイをした中年紳士だということは、いったい日本ってどうなってんだろう？　なぜか一人ぽっちで吐いてるというのも、めったになくて、たいていはグニャグニャと絡みあった男性二人の、どちらか一方が吐き、一方はかいがいしくそれをサポートする……。まことに珍なる風景が見られるわけだ。背をさすり、倒れそうなのをかかえこみ、抱き起こし、あらん限り吐き出させたら、最後にはそれをキレイに掃除するのこそ友情だろうと思うのに、いまだかつて吐かせたものを掃除する友情なんていうのは見たことがない。それは街中だろうがプラットホームだろうが、はたまた電車の中だろうがまったく同じことで、ゲロがどんなに街中の人の迷惑かはまるで眼中にないもののごとくだ。

ハタ目には何もこんな苦しい思いまでして、なぜそんなに酒を飲まなければならないのかというギモンが湧く。たぶん自分の楽しみで自分の金で飲むなら、あんな苦しそうなもったいない飲み方はしないだろう。だからあれは、つきあい酒とか、会社の交際費で落とせるやつにちがいないと考える。それが当たらずとも遠からずで、街を汚さない唯一の方法は、日本中からまずタダ酒を一掃することだという気がするほどだ。

せっかく友情を温めようとして街に出て酒場に行ったとする。そしてすぐに後悔の念が湧くのであるが、その第一は、なぜか腰が坐らないのだ。ゆっくりとお話でもできるかと思いきや、一時間もたたぬうちに腰を上げ、金を払い、「さあ次だ！」となる。

つまりハシゴというやつ。男のつきあいでこれくらい憂鬱《ゆううつ》なものはない。それが一度や二度ではなくて、一晩に三度も四度も店をかえて歩き回るのだから、まるで運動会なのだ。なぜもっと自分の好きな店をはじめからちゃんと選んでおいて、そこでゆっくり飲み明かすような友情と時間のつぶし方ができないのか、と思うのである。そんな日は夜の街を一晩中よく歩き回ったとか、よく運動ができたとは思うけれど、友達といい話ができて楽しかったという経験にはならないでしまうのである。

第一日本の酒場のあの喧騒は、はじめから人間が話などをしなくてもいいようにばかりできていて、もともとがハシゴ向きなのだ。近ごろはカラオケバーなんてのもできたそうだけど、話をきいただけで鳥肌が立つ。日本の男がそんなに唄いたがるのは、つまりは会話のつき合いが何よりもニガテだからなのであろう。

飲み屋にいけば男たちはたしかにみんなしゃべりまくっていて、決して黙って飲んでるわけではないのだが、結局は酔っぱらいの独りよがりなどなり声ばかりであって、絶対に会話などというものではないようだ。そして同じセリフが何度も何度も繰り返されるのがその特徴で、当人にしてみればこの気持よさがコタエられない、というのかもしれない。

それはよく分かるのである。しかしそんな、自分を自分だけの殻の中に閉じこめた恍惚《こうこつ》状態を臆面《おくめん》もなく人前に持ち出していいものだろうか。酒をそのように飲むのだったら、それは街中でなしにぜひ自分の部屋で一人淋しくどうぞ!

いずれにしても、日本では酒はあまりにも男の美学と堅く結びつきすぎたと思う。だから女性のブンザイで酒を飲むなどとはとんでもない、なんて一部でいわれていたのである。でなかったらバーの女みたいに客の酒をガブ飲みするような自堕落もなかったわけで、もし女の酒がまるでおしるこのように、ただおいしくて飲むというふうになったとしたら、これは素晴らしいことだと思う。女の酒が日本の男の酒を少しでもマネるようなことがないように、男とまるでちがったところから始まってほしいと思うのである。というのは最近になって、女性と食事をしながらワインなどとると、たいていの女の人は男とちがって、西洋式にとても美しく飲むようだ。まるでミソ汁をおかわりするみたいに、「もう少しいただきましょうか」なんて催促するのである。

6　美しい肉体へ、チャレンジ

シェイプアップは知的なゲーム

男女とも急に細身の美しさが叫ばれている。このごろデブの人は生きた心地がしないにちがいない。何とか痩《や》せようとあらゆることが試されているらしい。

もし病的に太るならその原因をつきとめるしかないだろうが、普通に太るのは「食べすぎ」の一語に尽きるのではないかと私は思う。食欲という欲望にどう打ち勝つか、おいしさという願望にどう耐えるかが毎日の日課となるが、近ごろ流行の運動やジョギングは、私はほとんど信用していない。運動で体力を消耗するのは痩身《そうしん》の理屈にかなっているけれども、運動をするとますますお腹がすくからである。

運動で痩せると、運動をやめたときに必ずまた太るわけだから、きっと一生涯運動を続けなければならないだろう。それもたいへんだ。一時間のジョギングやゴルフを毎日やり続けるなら、それをどうしてビルの床拭《ふ》きの一時間にとりかえようとしないのか。走ったりしていたずらに体力を消耗するぐらいなら、いっそ新聞配達でもしたほうがずっと実利的ではないか。新聞配達や床拭きがジョギングやヨガよりもカッコ悪いとか、面白くない、なんてことは絶対にないと思うけれど。

たとえば街のスポーツクラブなどを、私は楽しい社交クラブとして利用することはあっても、そこでほんとに痩せようと思ったことはない。毎日の自分の部屋の掃除、洗濯などをすることで、私に必要な運動はほとんど十分に消化しているからである。

しかも私の家は五階建てなのにエレベータがない。もちろんはじめから計画的にとりつけなかった。一階のアトリエから五階の屋根裏の寝室までの階段をいったい私は一日何べん上《あが》り下《お》りしなければならないことか。

しかし階段の踊り場は何とセクシーなことか！ 夜遅く帰って誰もいない暗い階段を、五階までトボトボ上っていきながら、私はふとパリの屋根裏住まいだったころを思い出し、懐しむのだ。スイッチを押せば電気がつくのにわざと押さずに暗いところを上っていく。それでも毎日の馴《な》れた階段を踏みはずすことはめったになく、暗がりといっても外からのごくわずかばかりの明りが、ガラス越しにボーッと明るかったりする場所がある。その暗さ、その程度の明るさが突然、彼女を美しく浮かびあがらせるものだから、私は急に相手をかき抱き、思いきり青い首筋を吸い、いつの間にか二つの影が石の壁に埋没してしまうのだった。

もう一階昇りつめたら、やっとそこがベッドというあたりのこの小さな踊り場が、なぜかロマンチックなあらゆるラヴ・シーン、あらゆる悲劇喜劇の数々をのみこんでいるわけなのである。だから私は、エレベータよりもエスカレータよりも階段を愛した。

私がジョギングやスポーツを愛さないのは、ひとくちでいうと、それが人生にとっていかにもワザト臭いからで、ワザト臭いのはいかにもカッコよくないからだ。だから同じ走るなら新聞配達のほうがよほど自然でカッコいいというふうになってしまう。人が「ジョギングを毎朝一時間ずつやってます」というのが、どうもカッコよく思えないのだ。私は心の中で、「努力してますね！」なんていっているわけ。

たしかに人が痩《や》せるためには、何らかの努力が必要である。食べたいだけ食べて、それでも太らないというのは、胃でも悪くない限り不可能だろう。私の経験によると食べ物への執着は若いころよりも年をとってからが激しい。願望のほとんどが「うまかった」という体験と記憶によっているからで、これは若者は老人にどうしてもかなわないのである。

タバコだってまったく同じことで、一度覚えてしまったタバコのおいしさは、その記憶だけがしつっこいくらい全身にこびりつく。味覚のうまさよりは、手つき指つき口つきなど全身のポーズまでがタバコのうまさをすっかり覚えてしまうからだ。

私がタバコをやめようと思ったとき、とっさにそれは私自身の全身との戦いであると悟った。指や唇や、私がそこに坐ってそれを欲してるポーズとの戦いなのだ。だから吸いたくなったときに坐ってたら、まず立ちあがり、そして歩き出すのも手である。一階に下りて、朝の新聞に出っくわしたら、もうタバコのことはすっかり忘れてしまっているだろう。

つまり自分との戦いとはガマンのこと、どうしたらガマンができるかということをよく考えてみるといい。人がよくガマンできるのはそれが楽しいときなのだ。

人のやるたいていの遊びは必ず楽しくできているのだが、どんなゲームもガマンのいらないものはないだろう。たとえ途中でくたびれてもガマンをしてやらないと絶対に楽しくはならないはずである。

タバコをやめて一日目が過ぎ、二日目が過ぎ、三日目になっても、まだタバコがほしい……。その一方で、「オレは三日もガマンした」という快感に襲われているのである。「もう負けるもんか！」

四日目になると、タバコが無性にほしくなった瞬間の自分自身へのある種のサド・マゾ的快感が湧いてきて、それと闘いながら、「必ず勝ってみせるぞ」という自分自身に酔ってしまうのである。

まったく同じことがシェイプアップにもいえるわけで、毎朝ヘルスメーターに上がって目方を減らしていく、という食欲とのこのガマン競べは、かなり面白いゲームではある。デブは食べすぎが唯一の原因といっても、その敵を攻略するのに自分が断食などしては負けであろう。おいしいものをある程度食べ、満足感に浸りながらお脂肪を減らしていくのは、かなりの知識や頭脳を必要とする知的ゲームなのだ。それにはおいしい野菜料理の味を覚えることがいちばんで、馬みたいにレタスや生野菜ばかり食べていたってダメなんだ。

私の経験からいえば西洋料理や日本料理よりも、中華風の野菜炒めをたくさん食べるのがいい。肉や魚貝類は味つけのダシとして使う程度で、主食は低カロリーの野菜、つまりピーマンやキャベツ、ネギなど何でもよく炒めて、そのヴォリュームを小さくするのが野菜をたくさん食べるコツだ。

酒はワインなら一回に四分の一瓶くらいが限度で、これをたくさん飲む人はどんなに節食しても必ず太っていく。酒はいちばん消化しやすいカロリーだから酔うほどは絶対に飲まないこと。それに酔ってしまってはおいしささえ分からなくなってしまう。私が絶対に酔わないのは、酔って浮世の憂さを晴らすようなストレスがまったくないからで、人生とはいつも正気で向きあっているのが好きだからだ。つまりはいつもおめでたいわけ。女を口説くのだって、酔ったりしたのではせっかくの恋愛を損しちゃうと思うからである。それで二十歳前後から六十歳を過ぎるまでずっと同じ五十キロを持続してきた。その間、とくに人と変わったことは何もしなかったのである。

だから二、三十年前のシャツや上衣やズボンがまだ着られるのである。最近は三十年前のファッションがまた流行《はや》りだしたので、古いものをみんな引っぱり出して利用しているのだ。

見当ちがいのメイクアップ・テクニック

男性へアデザイナーで変身を

たいていの女の人は絵など描かなくても顔のメイクはとてもうまい。どんなに毎朝が楽しいか、私も一度、女になってみたい。ときにはメンドクサイと思うことだってあるだろうけど、私だって絵を描くのがいやなときはしょっちゅうある。でもやはり、描くのは楽しい、というわけである。しかし毎日自分の顔ばかり描いてるのに飽きたら、きっと他人の顔も描いてみたいとなるわけで、そんな人が美容家になるのかもしれない。

それなら男だってなれる。男の美容家というのは概して女の評判がいい。なぜだろう。それはドレス・デザインの世界でも同じことで、つまり、同じプロでも女が自分の顔や自分の体を中心にして進めてきたものと、男がひたすらに女に憧れて進めてきたものとでは、仕事の内容、美の内容がかなり違ってくるからなのだ。

自分の欠点、つまり「女の欠点」を少しでもカヴァーしていくのが女のつくる美だとすると、男にとって女はもともとが美しい神なのであって、そんな男のイメージが先行してしまうのだ。どんな女だろうと、必ず一つの神に向かって変身させられるわけだ。だから女は自分が変身してみたいと思うときに、進んで男性デザイナーのもとに走るのである。今はあらゆるキャラクターの男性デザイナーが腕を競いあってる時代だから、女性はそのときの気分でどんなデザイナーでも自由に選ぶことができるわけで、これも楽しい生活のある部分ではあろう。

『シャンプー』というアメリカ映画があった。ウォーレン・ビーティが演じた男のヘア・デザイナーはセックス込みのキャラクターなのであった。美しい人気者の彼はまるで往診のお医者様のように、リザーヴの時間に道具を持って女の部屋を訪問しなければならない。しかしいくら若くても往診の医者のようには一日に何人も回れないところが困るのである（なにしろセックス込みなのだから）。

この映画を見ていると、将来の日本でも、まだまだ美しく若いヘア・デザイナーの絶対数は足りなくなると思う。ヘア・デザイナーとして成功するかしないか、売れっこの素質があるかどうか、つまりヘア・デザインやメイクの腕やセンスと同じくらいにその美しい肢体や性的サーヴィスの才能もキビしく問われることになろう。そのセクシーなボディラインと優しい、人の心をトロかすような会話や態度が問われるのである。

近ごろでは「メイクアップ・アーティスト」なんてもいうが、女に愛される男としての「ヘア・デザイナー」という職業には新しい未来があると思う。

さて、しかし女はなぜ化粧をし、男はなぜ化粧をしないのか、なんてバカバカしいことを大まじめに論じることはよそう。古今東西いろんなところで男が女よりも化粧してたこともあったりなかったりの様ざまで、たいしたリクツはない。化粧には女の生理を迷彩するような役割もあったかと思ったりしたが、それももっともらしいへリクツにすぎなかった。

キューブリックの『バリー・リンドン』なんてイギリス映画を見ると、あのころの貴族たちは、男のくせにお白粉《しろい》をつけ、口紅を塗り、はげ頭の上に金銀のカツラをつけていた。バリー・リンドンに扮するライアン・オニールも化粧をして出てくる。今みるとキモチ悪いが、きっとあれでよかったはずなのだ。つまり時代やその地方の文化のトータルとして男の化粧や女の化粧が成り立つのであって、それではと、私が今バリー・リンドンのマネをしたら、みんな吹き出すにちがいない。

したがって、男は女みたいに化粧をほどこさないという現代の時代風潮にしたがいながら、今、私は女を見、男を見るわけである。

化粧を落としたときがセクシーなとき

公平にみて、化粧をしない現代の男のおしゃれのほうが、女の気違いじみたファッションやメイクアップなどよりもずっと上手《うわて》だと私は思う。女はファッション産業の犠牲者として、ひどくみっともないムダな消費を強いられているように見える。もうけているのはほとんど男なのに。

私の個人的な趣味かもしれないけれど、私は女性がすっかり化粧を落としたときに欲情する。つまりシャワーを浴びたあとにである。

口紅やマニキュア、とくにあの血豆のようなペディキュアが大きらいで、ベッドに入って、もしあの紅い足の爪が出てきたりすると、いつも私はベッドからとび出し、パンツをはき直すほどだ。

反対に風呂から出たばかりの清潔な素足はとくにセクシーである。爪は自然色で艶《つや》出しもつけてはならない。自然のあのニブいソフトなピンクの色は、どんな人工の色でもマネのできない美しい色なのである。

唇の色もそう。口紅をきれいに洗い落とした自然の柔らかいピンク色はとてもおいしそうだ。ちょっと青ざめた病的な唇の色ならさらにセクシーである。

鼻と頬のシャドウ、白いアイシャドウはみっともない

眼を必要以上に大きくするのは少女マンガ家の発明以前からもたしかにわが国にはあった。中原淳一氏も高畠華宵《たかばたけかしょう》も竹久夢二もみな少女の目を大きく描いた。私も描いたことがあったけれど、もう描かない。目は小さいほどセクシーというふうに、いつの間にか趣味が変わってしまったからだ。

鼻も小さいほどかわいくてセクシーだ。鼻の大きすぎるくらい興ざめなものはないのに、鼻が少しでも高いのが新しい美人という信仰が今でもかなりゆきわた

っている。

セツのスタイル画の勉強のとっぱじめには、いつもこの信仰をぶちこわし、びっちくりの鼻の女の魅力を描かせるのにとても苦労するのである。とくにいちばんいやなメイクアップの一つに自分の低い鼻の両サイドにシャドウを塗り、鼻柱だけ白く線を引くあのやり方がある。あれで鼻筋が通ったと思う浅はかさよ！　だまされたと思って一度思いきって鼻筋まで黒いシャドウで押さえてみて下さい。ずっとずっと鼻が高くセクシーに見えるはずだから。

頬骨の横に張ってる日本人の顔に、頬のシャドウを赤、茶、紫などで描きつけるのもナンセンスだ。これでふっくらした頬っぺたがヘコんで見えるとでも思ってるのなら、デッサン力ゼロだ。

はれぼったい上まぶたに緑や銀や白を塗りつけるのもまことにおかしい。マブタのへこんでる外人の方法とまったく同じ彩色を、まぶたの出っぱってる人にやったらどうなるか。オバケである。出っぱりすぎた頬骨はシャドウではなくて、松本弘子さんのように黒い断髪で隠すしかないだろう。目はせいぜい黒い目ばりだけで十分。それもなかったらなおいいが、コスチュームとのバランスで目ばりはときに重要である。概して日本人には評判がよくないが、日本人の顔の小さいかわいい目や細い目はあちらでとてもモテるのである。それにびっちくりの鼻も。
日本で美人といわれる人より、日本ではあまりもてない人のほうが西洋人には好かれるらしく、そんな人は日本など若いうちにさっさと捨ててあちらで暮らすのもいい。西洋女性のメイクアップをそのまま日本女性にとり入れるような、今のメイクアップ・アーチストたちには、デッサンから出直しさせないとダメなのである。

香水にはお金をかけなければダメ

お化粧よりも清潔なほうが美しいにきまってるが、それでも不潔になりやすい髪の毛だけにはかすかに何かいい香りのものを漂わせる必要がある。どんなにキレイにしてるつもりでも、人体の自然はつい汗臭かったりするものだ。少なくともセックスの時はどこをなめられてもいいように必ずシャワーを浴び、その後にボディローションかいい匂いのタルクなどをたたいておくといいのである。足の裏の好きな人って意外に多いから、そこにもタルクをお忘れなく。

しかし本来化粧品にはできればどんな香りもつけてもらいたくない。香りのほしい人は最後に自分の好きな香りをつければいいからである。化粧品がそれぞれの香りを持ち、それがミックスされていいこともないことはないが、変な匂いになってしまうことのほうがはるかに多いからだ。

香水の中でもパヒュームはつけたところにいつまでも香りが残って、それがいいこともあり、困ることもある。汚れたセーターの埃《ほこり》とまじったりしたときなどは「オヤ」とそれを着るたびに思う。だからそのときにだけ香るトワレかコロンのようなのをいくつか用意するほうがいいようである。どれもこれもみんな高価で、いい香りがして、選ぶのにほんとに困るけれど、思いきって二、三本種類を買ってみて、一本を使いきったころに、本当にどれが好きかキライかはやっと分かるのである。買うとき手首にちょっと一種類をつけてみたくらいでは、分からないものなのだ。時間もお金もかけて、初めて自分の香水を決めることができるのである。

お化粧よりも歯磨きを

恋愛でなくてもキスの挨拶をする西洋には、そうでない日本より虫歯がずっと少ないといわれている。しゃべってもキスしても口が臭くて相手に嫌われるくらい損なことはない。せいぜい歯を磨いて、そんなバカな目にあわないようにと、彼ら彼女らはポケットやハンドバッグにいつも歯ブラシをしのばせているのだ。ハミガキはとくにつけない。ただ物を食べ終わったらただちに洗面所へ行って、かなり丹念にブラシを使う。かたいブラシでマッサージを一日に何べんとなくすれば歯槽膿漏《しそうのうろう》にもならないということだ。

ただし日本のメーカーにはいいデザインの歯ブラシが少ない。私は銀座のソニービル地下のドラッグストアなどで、あちら製の惚れぼれするようないいデザインのものなどみつけては、四、五本を買いだめしてしまう。

食べたら必ず磨くという習慣だと、さっき磨いたばかりだから、また磨かなければならないのはイヤだと、どんなに人にススめられても食べるのを断念してしまうことがある。こんなきっかけも、ダイエットにとって大切なことだ。

ポルノ女優が教える先天的肉体差

ブルー・フィルムとかポルノ・フィルムを私が初めて見たのはつい五、六年前のことで、そんな昔ではない。学生のころに何度か学友や友人に誘われたが、なぜか気がすすまなかった。そして、自分ではいつもそれをしてるくせに、人のをちっとも見たがらないのは、たとえばウンコだってそうではないか、と自分にいってきかせていた。人のを見て喜んでる友人たちは、つまりウンコ趣味みたいなものではないか、と。

ちょうどそれは、フランスのジスカールデスタン大統領がポルノを解禁した年だったたと思う。パリの大劇場では初めてのハードコアのポルノ映画『エグジビジヨン』がロードショーにかかり、市民の人気をさらっていた。

パリの着いたばかりの私に、

「アラまだ見てないの？　これ、ちょっといいわよ」

と教えてくれたのは『エル・ジャポン』のパリ支局長山中啓子さんではない

か！　女の人にそういわれては引っこみがつかなくなり、私はさっそく『パリ・スコープ』を買って近くの劇場を調べたのである。

パリの映画館の最終回は夜の十時始まりが普通で、十時近くになると、どの劇場前にも人が列をなしている。日本みたいに途中からや、座席がなくなっても入れたりはしないからだ。昼間には若い人たちも並んでいるが、夜ともなると若い人はほとんどいなくて、とにかく年寄りばかりである。年寄りなら家でテレビでも見てるかと思うと、それが日本と正反対で、パリでは淋《さび》しがりやの年寄りはとくに街が好きなのだろう。腕を組みあった白髪の年寄り夫婦たちが、ポルノを見んと、じっと列に立ちつくしてるのは異様でもあった。

シネマスコープの大画面にいきなり男のあれが大写しとなり、画面をぶち抜いて上下振動する導入部にまずびっくりしたが、はじめはそれが何だかすぐには分からなかったほどだ。直径三十センチほどの大砲だろうかと思ったら、そうではなくて人間のペニスだったのである。

次に女性のも大写しとなったが、あまりにも大きくてワイセツ感どころではなく、まるで一メートルもあるピンクの大輪の花のように見えた。もう少しで笑いそうになったが、生唾を飲んで見つめてるらしい周囲のシーンとした気配を感じてやっと抑えた。

しかし素晴らしいストーリーだった。一人のポルノ女優の仕事と私生活で、セックスがどう異なるか、見せるセックスと見せないセックス、とくに女性における嘘のセックスと本当のセックス等々について、監督が出てきて遠慮なく質問したりするとても変わった映像……。こういうやり方をシネマ・ヴェリテ（真実の映画）などといってフランスでちょっと流行《はや》ったことがあった。

かわいそうなのは男の俳優で、ペニスは女のように自由には演技ができないのだ。どう努力しても撮影半ばにしてぺしょんとしてしまうのを防ぎようがなく、そばに控えた美しい女性たちがあらゆるテクニックで立ち直らせようとサポートしても、ダメなときは絶対にダメなのだ。

その哀れな男のニガ笑いというか照れかくしというか、あまりにも情なくて、見てるこちらのほうがいつの間にか必死でふん張って応援してしまうのである。

そんな恥ずかしい思いをしながらどれほどの収入になるのか、なんていうやり取りもある。彼女が実生活の過去と現在や恋人について語るときなどは、つい本当の涙をこぼしたりもする。

しかし私がこの映画でいちばん驚き感動したのは、ポルノ女優というものの、天性かと思うその恵まれた肉体であり、その美しさだった。ことに誰もが隠しているの醜い部分の、それのなんと美しいことか！　撮影のあの強いライトに向けてどんなクローズアップにも耐えるだけのものを持っている人はそう多くはないだろう。普通の女優みたいに顔の美しい人なら腐るほどいても、こんな恥部の隅々まで美しい人なんてはめったにいるものではなかろう……という感動であった。

ミス・ユニヴァースも、水着を着せてまでその体の線を審査するくらいならもっとここまで審査するのが本当ではないか、なんて思ったりした。何千人に一人という天性の美しさをもったこの女優こそ、ミス・ユニヴァースの価値があるだろう、なんて肩入れしてしまったほどだ。

『オー・カルカッタ』をロンドンの舞台で見たときもショックだった。今度は男のそれなのだ。フリチンの男たちが舞台の最前列に並んでラインダンスを始めたのだが、少しもワイセツ感がなかった。いい役者が揃っていたのだろうが、とにかくすべてが立派だった。

ロンドンの劇場のことだから観客たちは夜のドレスを着飾った紳士淑女たちばかりだったが、ステージと客席のコントラストはまことに珍妙なものに見えた。「男がフリチンで踊るんだって……」という猥雑《わいざつ》な好奇心で切符を手に入れた私も、舞台が進むにつれて、いつの間にかすっかり彼らの境地に引きこまれてしまい、彼らの裸の美しさ自然さに反して、フトわが身につけていた衣服が急にグロテスクに感じられる。そして周囲の着飾った人たちの何と悪趣味なケバケバしさよ！ それは照明のうまさが私たちをいっそう眩惑《げんわく》させたのかもしれないが、彼らの踊るクラシック・バレエなどは、まるでミケランジェロの大理石像が動き出し、さらに軽々と空を翔んでるといったふうなのだ。

お芝居がうまくダンスも凄い。ただ素っ裸の破廉恥で稼ぐ手合とは大違いなのだから、これはとても日本人の役者ではどう逆立ちしてもできないだろうナと思った。

第一あんなミケランジェロの大理石像のような素っ裸の俳優がいるわけがない。ちょうどわれわれが最高にエクサイトしたくらいの大きさが彼らの普段の大きさで、その全体のプロポーションがまことに美しいのであった。しかもそこだけ急に色素が濃くなるというわれわれのそれとちがって、彼らのは縮まったときでも濃くならぬらしい。白はいくら濃くなっても白なんだと改めて思ったわけ。

しかしその後に東京で東京キッド・ブラザーズを見たときは、ほんとにまいった。あのころは『オー・カルカッタ』の影響もあって、おまわりの来ない日を見計らい、ある俳優が全裸になるというニュースを私はすでにつかんでいた。ラストで一人の男が十人くらいの群像のてっぺんに乗っかり、たしかに全裸で大見栄を切ったのだが、正面のすぐ下にいる私にはそれがすぐには見当たらなかったのだ。そんなはずはないと、なおよくよく見直したら、たしかに小さい黒い芋虫のようなのがほんのちょっぴりあるにはあった。その俳優はさすがにひどく緊張していたようだ。同時に観客までが緊張してしまい、シーンと静まり返った一瞬、誰かが思わず「プッ」と吹き出してしまった。それが私だったのだ。ワイセツなどをはるかに通り越して滑稽になっていた。私は自分の声にびっくりし、場内が明るくならないうちにコソコソそこを抜け出してしまった。あの俳優に対してほんとに申しわけないことをしたと悔やんだが、会って謝る勇気はなかった。

日本女性にハイヒールは似あわない

自分たちの肉体に関して白人と比較する気持くらいイヤなことはない。とても敵《かな》わないと分かっていて、それだからどうすればいいかという方法がまったく見当たらないからだ。なぜこうなったかというと、やはり服装が同じになったからだと思う。日本人が西洋人のマネをして洋服を着るようになって、急に日本人が西洋人と比べられるようになったのだ。

日本人が和服を着てるときは誰もこのようにそのスタイルを同列では比較しなかったにちがいない。脚の長いグレイハウンドと脚の短いダックスフントは誰も比較して選ばないからだ。種類が違うのだから当たり前といい、グレイハウンドよりダックスフントのほうがずっといいと思ってる人も多いのだ。しかし犬も衣服を着るとして、グレイハウンドのそれをダックスフントがマネして着たらどうだろうか。

変な例だが、たとえば萬屋錦之介だって洋服を着たときは絶対にスマートとはいえないけれど、時代劇でちょん髷《まげ》をつけ、和服を着て畳に坐ったりしたところなら、アラン・ドロンも寄せつけないくらいの立派さなのだ。

西洋の衣服を着ることが、洋服の眼で改めて日本人を見直すことになったのだが、クラシック・バレーなどで現われる違いはさらに悲劇だと思う。たとえば最近の子は脚《レッグ》が昔の人に比べてずっと長くなったというけれど、足《フット》のほうは相変わらず小さすぎるのではないか。せっかくトウで立ちあがってもそれはほんのちょっぴりで、西洋人のそれとはダイナミズムが全然違うからだ。男のダンサーよりずっと小柄な女性がトウで立ったとたんに男性をはるかに越して大きくなるあの華麗さが、日本人ではほとんど見られないのである。

同じことは普段のハイヒール、つまりパンプスをはいた日本女性の足で、その足の甲がセクシーだったことはほとんどないような気がする。パンプスのくりの中に盛り上がる足の甲のアーチの美しさはアーチの長さに比例するといってもいい。アーチがまるでつぶれた平たい足や纏足《てんそく》のような小足では、ハイヒールのパンプスは絶対にはけないものなのだ。

ハイヒールは短い脚を長く、低い背を高く見せるためにはくものと心得違いしてる人が多いけれど、それはとんでもない錯覚である。

脚の短い人がどんなに爪先立ちで立ってみても決して全体が大きくは見えないのであって、かえって爪先立ちした足までが小さすぎたり、その指が短かったりするのを暴露するだけだろう。ハイヒールは足の甲そのものを優美に見せる仕掛けなのであって、足の甲の長さや幅の狭さに自信がなかったらはくべきでないと思う。たとえば十センチのハイヒールなら足の甲の長さは少なくとも二十五センチ以上を必要とするのだ。

俗に足の小さい人は腕も短いというが、私の観察ではこれはかなり的中していると思う。日本人のバレリーナの腕が西洋人のそれに比してあまりにも短く、とかくその振りに優美さが足らないのは誰でもが感じると思う。西洋人はたとえ背が日本人並としても、左右に両腕を上げたら二、三十センチも長いのではないか。そう思ったのはマルセル・マルソーが初めて日本にきてそのパントマイムを見たときだった。

あの人はそんなに背の高い人ではなかった。しかし両腕を上げると舞台いっぱいになるくらい実に大きい。腕で物語るのが多いパントマイムにはまことにうってつけで、私はそこに感動した。

日本人の腕の短さはパントマイムやバレエでは決定的にマイナスだが、この短さが日本舞踊や能、歌舞伎などではほとんど気にならないのは、つまりあの着物の袖なのだ。特に能衣裳の豊かな袖を大きく持ちあげたときなどは、ちょうどバレリーナがトウ立ちして急に大きくなったときのような迫力を見せるのである。

さて、皆さんもちょっと試してみて下さい。両腕を後ろに回してお尻の下に指を組んでみよう。ほとんどの日本人はそれがなかなかお尻の下には届かず、お尻の上に手を置くようなかっこうになる。もしお尻の下で両手が結ばれ、その上に両脚のつけ根がトンネルのように見えたとしたら、あなたはかなり恵まれたプロポーションの持ち主ということになるわけだ。だからスカートでなく、パンツでやってみること。

腕がそれだけ長ければ胴も短いわけで、したがって脚《レッグ》も長く足《フット》も長い。これは間違いないところだろう。

私がこれを発見したのはコートダジュールの浜辺だった。小さなパンツ一つの、ものすごく脚のキレイな少年が手を後ろに組んで立っているのに引き寄せられ、恐る恐るソッと近づいていった。すると突然お尻と手の間に海の青さがかなり大きいマッスで光っているのだ。組んだ手があんなにお尻の下までいくものかと思い、私もこっそり同じポーズをとってみたのだが、それは悲劇であった。まるで胴が長すぎ、手はどうしても尻の頂点どまり。独りで恥ずかしくなり、そんな私のしぐさを誰も見てなかったかと思わず周囲を見回したりしてその場を去ったのだ。

7　人とのつきあい・その都会的方法

同棲は都会的じゃない

同棲というパターンがある。結婚よりは二人の契約がゆるく、法律の束縛もなく、自由度がぐっと高い共同生活のことをいうらしい。

なぜ同棲するのかというと、一人暮らしでは淋しいから……というのだ。人間のプライヴァシーはもともとが淋しいもの、そのためにたくさんの友人や恋人が自分の周囲につくられるわけで、誰か特定の人物を選んで同棲したからといって、プライヴァシーの淋しさが消滅するわけがないだろう。淋しさが本当になくなったわけでもないのに、それでもうあなたはもっとたくさんの他人を求めたり愛したりする動機をすっかり失ってしまうことになるのである。それでいいのか。

できるだけたくさんの不特定多数の人間たちの中で、自由な恋愛や友情を精力的に求める生活、それが「都会派」の生活である。自分の孤独なプライヴァシーを一歩ぬけ出すと、そこには同じたくさんの孤独な人間たちが、やはり愛情を求めて街にくり出している……というそんな構造は都会特有のものだ。自由なパーソナリティが火花を散らしあって生きている風景がそこにある。この開かれた生活パターンに対して、特定の一人だけと約束なり契約なりをした上で、仲良く慰めあって生きる生活パターンは「農村派」といってもいい。結婚なり同棲なりの約束のもとに閉鎖的な二人だけの家庭をつくるのは、都会よりも不特定の他人がずっと少ない、邪魔もされない農村が向くのである。

庭つき一戸建てのイメージそのままのマイホームというものは、もともとが反都会的な農村的発想だったのだ。都会の暮らしは、自分の庭よりも市民の公園であり街のカフェのテラスであり、一戸建ての持ち家を所有するよりも賃貸しのアパートを自由に選んで住むほうが適しているのである。

たとえものすごく愛しあってふとその人と同棲や結婚のような暮らしをしてみたくなったとしても、都会派の人間なら、せいぜい同じアパートの違う部屋にまで引っ越すくらいのことはするだろうが、まちがっても恋人のプライヴァシーの中にまで乗りこんで、その私生活の自由をぶちこわすような愚はさけるにちがいない。相手の自由を壊すことは、すなわち自分の自由な愛さえも壊してしまうことをよく知っているからだ。

しかし都会派といえども二人の情熱がたとえようもなく燃えあがったとき、その情熱を効率よく燃えたたせるための便法として、せいぜい一週間とか十日間の契約同棲など試みるのは大賛成だ。

二人が十日間もたて続けに大恋愛に没頭したとしたら、たいていの人はきっと十日間は長すぎたと思うにちがいない。だから、またそれぞれの孤独の部屋に戻ったときホッとするだろう。そして孤独のうれしさが骨身に浸みて分かるだろう。

男にも親友などいない

「女には絶対に親友ができない……」なんてよくいわれている。うっかりすると「ナルホド」なんて思わせるものがたしかにそこにはあるようだ。

若い女同士の親しい交際が、どちらか一方の結婚でご破算にされるというケースが過去にはとても多かったのかもしれない。それだけ世間から女性の主体性は軽んじられていた。それをいちばんよく知っているのが女をそう扱ってきた世間の男たちなのだから、これをいい出したのはたぶん男たちにちがいない。そして「親友」というものは、男だけの宝であり、これだけは絶対女には味わえないとてもいいものなんだと、男の自慢のタネにするわけだ。そうするとたぶん女はくやしがって、「親友」をもてない女はやはり人間として男より下等なんだと思わざるをえないだろう、是が非でも、そう女に思わせたいというのが、それをいい出した男の本心ではないだろうか。

それなら、そういう男たちには、みんな、そんなにいい宝物、つまり女には絶対に味わえない「親友」という宝物がほんとに与えられているのかというと、これがまことに怪しいものなのだ。

第一にそんな「親友」なんて美しいものはもともとが男のでっち上げたフィクションなのだから、誰も映画や小説の中でしか見たことがない。心の奥には一つの憧れとして、または幻想としてあるかもしれないが、具体的には実在したためしがないものなのだ。

男のくせに、いちいち「男の友情」だの「無二の親友」だのといいたがる奴は、もともと男の風上にもおけないイヤな奴で、それは一歩間違うと、やくざ連中の男のちぎりが「男と男のきずな」とか、「兄弟分」とかとそっくりのものになる。男のちぎりが何よりも大事にされるのは、ちぎりのそのすぐ裏側には常に男の「裏切り」が重なりあっているわけで、男はみな、いつ裏切られるかもしれないという不安におびえながら「男と男の約束」を唯一の頼りにして、それを声高に振りかざさざるをえないのである。

男が常に「裏切り」を恐れるのは、相手が自分の過剰な期待に少しも応じてくれそうにないという不安があるからで、男はしょせんたいへんな欲ばりなのだ。自分が誰かを思っていたらせめてその分だけ、あるいはそれ以上に相手も自分のことを思ってくれないと損だという計算、それがつまり「思いつ思われつ」の親友の内容でしかない。こんな恩着せがましい男の親友の押し売りなどは誰だってごめんこうむる、となりそうなのに、バカな男にはこの言葉の甘い幻想がたまらなくいいものらしく、ちょっと酒に酔ったりすると、もう「お前とオレとは……」なんて情景をたちまちつくり出すのである。

つまり現実にはとてもありえない親友の幻想を、酒の力でどうにかひねり出し、一時的にもそこに酔いしれようとする。なにかとても悲しい男たちだ。いったいその男の友情とは何のことか。ギリシャのプラトン以来連綿と続いている男と男の友情とははたして何なのか。プラトンの時代には友情を男の美しい肉体でつなぎとめたけれど、それさえもない現代の男と男との友情は、まことに何の実体もないグロテスクなものでしかない。

だから「女とちがって男には友情というものがある」なんていう男が今どきもしいたら、まず彼を軽蔑してやることが第一。そんな嘘つき男は相手にしないことだ。

そんな小説の話みたいな親友なぞなくとも、人間には楽しい美しい友人がいっぱいいるのだから、それこそが人生の宝でなければならない。それは「無二の親友」みたいにどうしたって壊れそうもないカチンカチンに堅い友人関係でなくて、反対にいつでも壊れて、新しくいつでも出来るそんな柔らかで自由な友人関係のことだ。友情は恋愛と同じで、人間の自由の上にしかその美しい花を開かせることができないだろう。ちょっとの間でもいい、そのとき相手の存在が何らかの意味で自分に楽しかったら、その人がすなわち真の友人なのだ。

友情の価値はその楽しさで計るのがいちばん正直だと思う。いつもよく自分のことを心配してくれる優しい人なのに、いざ会ってみるとなぜか気が重くなって楽しくない……なんて人は、やはり真の友人ではないようだ。

友人たちは、ときにその美しい部分で、あるいは賢い部分で、またはその金持の部分でさえ、自分を楽しくしてくれる。ミもフタもない「金持」でしかなくても、現代ではけっこう他人を楽しませる自由な人格の一つとして大いに尊重されていいはずだ。

パーティの美しいごちそうは、あなた

日本でいまパーティといえば、ほとんどが宴会になってしまう。個人が主催するパーティよりも、職場の延長のようなパーティが多いからで、そこでは会話などよりもっぱら飲み食いが重要なテーマになってしまう。プライヴェートな大人のパーティが昔ほど盛んでなくなったのは、たぶん戦後急に住まいが狭くなったことと、遠くの郊外に住むようになったからだ。自分の家に招《よ》ばずに料理屋などですましてしまうのは都会に限らず、田舎の私の実家などでも今はそうなってい

る。家は昔のままで大きいのだが、よそが全部都会式に外で簡単にすませる方法をとるようになったので、つい同じやり方に従うしかない……ということらしい。まったくもって味けないイヤな流行になったものだ。

それで料理屋やホテルばかりが繁昌し、招ばれるほうはいっこうに面白くないから、義理のパーティでは「ご祝儀《しゅうぎ》をいくらにするか」なんてことだけにスリルを味わったりしている。

つまりそこではあの宴会という独特の形式が展開されるのだ。障子や襖《ふすま》を背にして大きく輪になって坐り、ただもくもくと飲みかつ食うのだが、おたがいに会話を楽しむには座敷の真ん中があまりにも広すぎて、向かい側としゃべるには大声を張りあげなければならない。やがて酔いがまわるころになると、その大声も平気となり、蛮声は四方八方に飛びかい、とてもしんみりとコミュニケーションを交わす雰囲気などではなくなってしまう。

ときには大人たちがそろって「みんなで手をたたこう」だの「肩たたこう」だのと幼稚園のマネみたいなことをする。いったいみんなどうなってしまったのかと、恐ろしい思いに私はじっと耐えている……。

こんなヘンなことをさせるのはきまって婦人客だ。洋服を着て靴を脱ぎ、扁平足むき出しに畳の上を裸足になって立ちあがる恐るべき婦人がきっと何人かはいるのだ。

私は洋服を着た婦人が人前で裸足になる無礼だけは絶対に許さないのだ。洋装全体のバランスが靴を脱ぐことで根底から崩れても平気という神経のあり方が恐ろしいのである。

靴を脱がされることがあらかじめ分かっているお座敷のパーティに、平気で洋装で出かけるというのは、T・P・O無視の最たるものだろう。まして、坐れば太いひざ小僧むき出しになるタイトスカートなど論外である。招《よ》ばれたんだから人間が出席さえすればいい、服装なんか何だっていいというのであれば何をかいわんやで、「パーティとは何か」のABCから私はその人に説明しなければならない。

畳のパーティにはまず和服で出かけなければならないだろう。というのはそれがマナーだとかエチケットだからではない。人の集まりを美しいものにし、楽しいものにするために、畳の部屋にいちばん何が似あうかを考えるべきだということである。下駄や草履を脱いで畳の上をどう歩き、どう坐るかを考えたら、男も女も本当は和服しかありえないことくらいは百も承知のはずではないだろうか。畳と和服とは切っても切れないものとして、日本間で行うパーティはまずみんなが和服の美を競いあい楽しみあう場所なのである。

いわばそれは洋式のカクテル・パーティにはカクテル・ドレスを、夜のパーティにはイヴニング・ドレスを楽しみあうようなもので、マナーとかエチケットとして強制されるのではない。それに参加する個人の、自由な意欲としてしか、おしゃれの喜びはないからである。それがイヤならば参加をとりやめることこそが最高のエチケットだろう。

おしゃれを競いあい、楽しみあうゲームができない人、何らかの抵抗を感じる人は、いかなるパーティも出席をみあわせたほうがよいくらいのものなのだ。なぜなら、自分を少しでも美しく見せるという他人へのサーヴィス精神こそが、すべての寄りあいの基本精神だからだ。パーティに花束など持って行くよりは、まず自分が何よりも美しい花になって会場に臨むべきなのだ。

パーティとは人間が人間を楽しむいちばん手っとりばやい形式なのだ。飲み食いはむしろ二の次のことで、人を楽しむ方法の一つとして飲み食いもつけ加えられることがある……というくらいのものだ。ときには飲み食いは単なる口実でしかないのである。タテマエは宴会でもホンネは料理の飲み食いなどより人間を飲み食いすること、つまり人間こそが本当のご馳走でなければならない。

人間を食うにはまず目で食う。つまり、人を見て味わう。さらに耳でも食う。つまりしゃべって楽しむ。この二つの食べ方にそれぞれの人が貪欲に応えなければならない。おたがいに食ったり食われたりすることがパーティの最大目的であり、何よりおいしいご馳走としてどの人も自分自身をみんなに提供しなければならないのだ。

パーティでいちばん大切なものは会話だというけれど、会話だけが特筆されておしゃれのほう、つまりおたがいの目の快楽のほうは、それほど重要視されないことが日本ではあまりにも多い。そこには多少見苦しいくらいはガマンしようとか、見逃してあげようという優しい気持もあるのかもしれないが、自分の美を他人に少しでも提供しようとしないエゴイズムが許されていいわけはないのである。人前で平気で洋服姿のまま裸足になってしまうようなことが許されていたら、パーティは永遠に美しくはならない。

気がるで手がるなパーティを

外国で何度かパーティに招《よ》ばれたことがある。彼らはパーティがスゴク好きらしく、おたがいに自宅へ招きあってほとんど毎日のように夜の時間を楽しみあっていた。

行ってみて驚くことは、いつもゴチソウが極端に少ないこと。そして、みんなは勝手に飲みたいものを飲んでいるのだが、いまだかつて酔っぱらった人というのは見たことがないことである。もっともそこで酔っぱらって話の調子が狂ったり、同じことを何度もいい出したり、急に大声になったりしたら、あの人は「変な人」とか「困った人」とされ、もう二度と誰からも招《よ》ばれなくなるだろう。だから酒に弱い日本人は西洋のパーティが大のニガテで、いっぺんに敬遠されてしまうことにもなるわけだ。西洋のパーティでもし顔でも赤くなったように思えたら、こっそり鏡を見てたしかめ、本当に赤かったら誰にもみつからないうちに逃げ帰ってしまうにこしたことはない。

彼らがパーティ好きなのは、毎日の仕事が終わってから、一日にいっぺんは仕事服を脱ぎ捨てて自分の自由な時間に自分のいちばん好きな洋服を着て誰かと会いたいからだ。しかしおしゃれをしてバク然と街へ出かけてもいたずらにお金がかかるばかりだ。街のバーもレストランも毎日となれば決して安くはないし、それにはタダで人と出会えるパーティが何よりという計算が成り立つ。

ただ、日本人のように招《よ》ぶほうがやたらに突っ張ってたくさんの飲み食いの用意をしたら、もう二度とやるもんかということになりかねないので、そこはおたがいに少しも突っ張らないことにしている。たとえば日本だったら途中で酒が切れたりすると、裏口から近所の酒屋にとんでいったりするのだが、彼らは平気で少しも気にしない。酒の足りない分は楽しい話題でいくらでも補えるわけだ。だから楽しい話題の提供者はどこのパーティにも引っ張りだこになるだろう。いわゆるパーティの評判は日本みたいに飲み食いのゴチソウぶりではなくて、そこにはどんな人が集まるかという人間本位の評判であり、素敵な人がくるパーティには誰もが憧れて、自分もなんとかして招《よ》ばれたいと思うのである。

日本も、料理がいたずらに豪勢な宴会よりも、人間こそがゴチソウのパーティにそろそろ切り替えてもいいころではないかと思う。いっそ酒も食べ物も音楽もなく、ただ美しい人たちと楽しい会話だけで夜が明けるのも忘れたというのもいい。そんなパーティも私は味わったことがある。

どうもわれわれ日本人は食べ物が少ないと急にシラけるのだ。シラケを恐れて音楽を鳴らすのは会話が貧困だからで、音楽がなければ手をたたき、唄を唄うことになってしまうのである。いたずらに大声を張りあげるのにはそんな理由もからまっているらしい。静かだと淋しい……なんていう人も多いのである。

そこで、たとえばここに十二人の仲間がいて各自大体一カ月にいっぺんだけ人を招くなら、一年間は毎月誰かしらのパーティに招《よ》ばれることになる。一カ月に一度はおしゃれをして、一銭も使わずに外出することができるわけだ。そして、いつも同じ顔ぶればかりでなく、それぞれが誰かパートナーを連れてくるようにすれば、思いがけない人との出会いに、いつも胸を躍らせることもできる。飲み食いに突っ張らず、お金をかけないパーティなら、あなたの部屋で開いても負担にはならないだろう。

エレガントな女の見本は母親

パーティに出かける前のドレスアップした母を、子供は世界でいちばん美しい人と信じている。あまりにも美しくあまりにもいい匂いを残していくので、子供は興奮してしまい、なかなか寝つけないこともあるそうだ。いったんは寝たフリをしても、そっとベッドから立ち上がり、寝室の窓の鎧戸《よろいど》をちょっと開けて、母の美しい外出姿を何度も見送ったものだと、あるフランスの青年が私にいってきかせたことがある。

「母さんが夜着る服を一目見ただけで、その外出先がパーティなのか、観劇なのか、あるいは単なる街の散歩なのか、おおよその見当がついた」ともいっていた。

毎日の母の服装にすべての子供はどうしても関心を持たざるをえないが、それはやがて、自分も大きくなったら母のような、あるいは母以上の美しい婦人と結婚して、エレガントな毎晩をおくりたい、だから早く大人になりたい、という願望に直接つながっていく。

「人間、早く大人にならなければ……」という西洋の子供たちに共通の願いは、こうした夜の大人の生活スタイルの中で形成されている。それが日本では反対に「いつまでも大人にはなりたくない」というふうになってしまうのはなぜか。

ほぼ間違いないことは、日本の多くの親が子に対して「エレガントな大人」としての見本となっていないからである。ヌカミソ臭い良妻賢母が唯一のパターンでは、子供は大人になぞなりたくなくなる。そして、なんとも奇妙な大人子供みたいな若い男女がふえるのである。

しかしそんなエレガントな母親になるのは、きまって夜の時間帯に限られ、それまでの昼間の主婦ときたら、ナリフリかまわず家事に明けくれているのも日本のそれとはいかにも異なる。

日本と比べて住まいが広いことや、女中を使わないこと、キレイ好きで掃除好きということもあって、家具や床、いくつもある白いバスタブや便器、洗面器など、毎日クレンザーで磨きあげ、いつもピカピカにしておかないと気がすまないらしいのだ。大きなシーツやタオル、そして毎日何枚も家族が使うビデ用タオルまで、まるでホテルのそれのようにアイロンをかけては折りたたむ作業を、私はかつて「たいへんだなナー」と感心して見ていたことがある。それはある中流の家庭の一部屋を借りて住んでいたころの昔話だが……。

夫人は小柄でチャーミングだった。主人はたぶん原子力研究所のようなところに勤めるインテリのエンジニア。若いくせに中年太りになりそうなのを盛んに気にして減量に努めていた。私はすぐにみんなと仲良くなった。

朝の彼の出勤は意外に早く、やっとそのあとで起きる私とはほとんど顔を会わさない。会うのはいつも昼だ。昼食に自宅にわざわざ帰るので驚いたことがある。妻の用意したかなり豪勢な食事をとったあとで、二人は寝室に入り、昼寝をするらしいことも、おいおい気がついた。二時か三時まで寝て、セックスもそのときにするらしい。終えると壁越しにシャワーやら何やらそれらしい物音がして悩ましかったのである。

初めはおたがい行儀がよかったのに、だんだん馴《な》れてくると、彼が午後再び会社に行ったあと、腰にタオル一枚を巻いただけの彼女が、突然私の目の前に現われたりしてめんくらったこともあった。それが第一のショックで、やがて彼女は昼間はほとんど洋服らしいものは何も身につけずに、裸体に汚いエプロン一つをつけただけのひどいかっこうで、目まぐるしく家事万端を片づけていることも知り、やがてちょっとやそっとのことでは、私は驚かなくなった。

主婦の家事の最後は子供に夕食を与えることである。夕食はたいてい昼の残りものらしく、温い料理はつくらない。大人は夜は子供といっしょに食べないで、子供だけが台所の隅で夕食をすませている。親たちの夕食はパーティや何かのために外でとる。昼食と比べて、わりあいに行きあたりばったりで、つまり夜は自由な遊びのほうに比重がかかるわけだ。

家事を全部片づけると、彼女は化粧室に行き、一日の労働の汗を洗い流す。そして初めてドレスを着るのである。その日その日の夜のスケジュールに合わせて、何日間分かのアンサンブルが、タンスの中にキチンと順番に用意されているのを見せてもらったこともある。

ドレスに合わせてメイクを仕上げて化粧室から出てきた彼女は、どう見てもさっきまで裸だった彼女と同一人物とは思えない変わりよう……。ときには女王のように、ときには娼婦のように、見事な大変身ぶりなのであった。これが第二のショック。子供たちまでがママの変身を毎晩心待ちにしているらしく、パパが帰るまでのひとときを「今日の服、大好き」とか「パパも喜ぶよ」とか批評するのだった。

変身の終わった彼女はもう横のものを縦にもしない女王様ぶりで、ヤレヤレと煙草をくわえながら自分ではもう火もつけない有様。そこはよく馴れたもので、小さな子供が間髪を入れず、さながら騎士《ナイト》のごとく女王にライターの火をつけてやるのである。

ママが女王に変身した以上、子供は親にもう何もしてもらえないことをよく承知している。だから、子供の一日はこれで終わり。あとは寝るだけ。そして、両親の、大人だけの華やかで自由な時間が始まるのである。これが午後八時。

それから何時間の夜の生活が始まるのか。私もかなり思いきって遅くまで夜遊びをしたが、私が部屋に帰っても私より先に彼らが帰っていることはまずなく、たいてい私は自分のベッドの中で彼らの帰る物音を聞いたものだ。それがたまにではないのだから、いったい彼らはいつ眠るのだろうかと疑ったほどだ。夜も眠らずに私たちの倍も人生を生きようとしてるのだろうかと。

朝の出勤が早いのでいくらも寝られないからだろう。夜はセックスはしないようだった。セックスのあとのいつもの物音が夜には皆無だったのである。

週に一度は家族水いらずで

感心なのは、こんな遊び好きな人類がウィークエンドになるといっさいの社交をしりぞけ、子供を連れて一泊か二泊のパリ脱出を習慣としていることだった。パリの近くの田園生活をまったくの水入らずで家族だけで楽しむことを決して忘れないのである。

土曜日曜のパリが空っぽになるのはそのせいで、したがって商店もデパートも休日となる。日曜日のパリに着いた日本からの観光客は、それでたいていは面くらうのである。

イール・ド・フランスの風景を描こうなどと友達の車に乗せてもらって出かけることがよくあったのだが、その日に限って誰もいないはずの深い森の中やひなびた川べりなどに、突然のように三、四人の一家が白いテーブルを囲みながら食事をとっている風景に出っくわすことがあるのだ。

それがどんなにキレイな原っぱでも必ず折りたたみ式のテーブルとイスを拡げて、さらに必ずテーブルクロスをかけている。

グリーンの森と原っぱ、そして青い空と水辺……それだけの色の中に、白いファニチュアを囲んで、まるで絵のように生きている親子水入らずの風景……。われわれには一見、子供のことはそっちのけで、遊んでばかりいる大人社会みたいに見える西洋だが、一週に一度、こうしてあらゆる社交を絶って必ず親子水入らずの何日間かを持つという暮らし方は、忙しい日本の親子などよりはむしろコミュニケーションが密なのではないかとさえ思わせるものがあった。

だから私はこのウィークエンドのパーティにだけはまだ一度も招《よ》ばれたことも誘われたこともない。ただこうして日曜日の遠出などでたまたま見かけるだけなのだ。

子供はたいていその母よりも父親といっしょに遊んでる場合が多いようだ。遊ぶというよりはセットしたり片づけたり運んだりしている。ところが、女ときたら、ただ太陽に顔を向けたまま、ボーッと煙草をくわえて美しく構えてることが多いのも面白い。

テレビはおしゃれの敵である

初めのころテレビジョンというのは、私にとって「自分の部屋にいながらにして映画が見られるなんてまさか」といった驚異の新発明だった。それは想像しただけでもぜいたくなものであり、きっと一生の間に自分の金で買ったりはできないだろうとも思っていた。それが案外に早く持ててしまったのだ。

いざ持ってみると意外につまらない発明品であった。期待が大きすぎたこともちろんあるが、得るものよりもかえって失うもののほうが多いということがすぐ分かったのである。

たしかに部屋で寝ころんででも映画が見られるということは、いかにもたいしたことのようだが、映画は寝ころんで見たほうが楽しいとは必ずしもいえないし、ましてや自分の部屋で見られることがそんなにステキだとも絶対にいえない。一つの映画を見るために街の映画館にわざわざ出かけていくという、今までの苦労もお金も要らなくなった代わりとして、友達と誘いあわせたり待ちあわせたりして映画を見に行ったかつての楽しさはすっかり失われた。

けっきょくテレビというやつは人間を家の中にすっかり閉じこめてしまうたいへん悪い奴だということに気がついたのである。

人間が家に閉じこもるようになっていちばんいけないのは、他人との交流が絶たれるわけだから、人生でいちばん大事な友情や恋愛の機会もすっかり失われてしまうことである。たとえば、主婦の場合である。

専業主婦にとっては家庭が職場なのであって、決してそれが自由な生活空間とはいいきれないところがあるだろう。朝早くから始まる家事のいろいろを少なくとも夕刻には、つまり男の平均的就労時間である八時間くらいの目安ですべて終えなければならないだろうと思う。

子供のいる家庭では子供に夕食を与え、子供に「お休み」をいって寝室へ送るのが、たぶん主婦の最後の勤めだろうから、子供が夜の八時過ぎまでもテレビを見ていて寝ないとすると、親の自由な余暇時間をそれだけ侵蝕したことになろう。

したがって子供の八時就寝という習慣は、家庭の躾《しつけ》または掟として厳しく守られなければならないわけだ。

夜は主婦専業の女性がやっとその「家庭という職場」から解放される時間であるのだから、そのままずるずると居間のテレビなどを見ているわけにいかないのは、だいたい想像がつく。つまり、一日をくたくたに働きどおしだったその家庭から解放される唯一のよい方法は、とりあえず家庭という職場からとび出すこと、すなわち外出なのだ。だから「夜は家から外へ」が大人の常識であり、街はいつでもそうした解放された人びとの楽しい溜まり場、ないしはパーティ会場として機能するのが本来の姿でなければならない。が、日本の大都市東京は必ずしもそのような機能をそなえてはいない。東京の盛り場は主婦たちよりも若者の街となり、同時に解放されたサラリーマンというよりは、むしろいつまでも解放されることのない社用族のバーやクラブなどが、夜の街にはひしめきあっている。自分の自由な時間を自分の金で遊ぶ真に自由な男女など、そこはお呼びでないのが現実なのである。

それならいっそ家にいてテレビでも見てたほうが……ということになり、テレビがすべての日本の主婦を二十四時間家の中に閉じこめてしまった。毎日のテレビがとても面白いということは、そんなわけで一概にいいことだとはいいきれない面がある。

それに、夜はテレビとともに過ごすのだったら、夜のおしゃれなどはまったく不要となり、ネマキ一つあれば人生ことたりるわけだ。デザイナーはカクテル・ドレスやイヴニング・ドレスなどより、テレビ用パジャマをデザインすればことたりるというものである。たぶんファッション・デザイナーはそれで全滅するだろう。

すなわちテレビこそがデザイナーの敵なのである。テレビが発達すればするほど人は家庭に釘づけとなるわけだから、せいぜいテレビのある茶の間だけが娯楽室としてデラックス化するぐらいであろう。それでも家族がいっしょになって茶の間に集まるうちはいいが、さらにゼイタク化すると一人ひとりが自分だけのテレビを持つようになるだろう。テレビが茶の間から姿を消して個人の部屋に落ち着くとき、たぶんテレビの内容は変わる。これまでの生ぬるさがすっかり一掃されるかもしれない。ちょうど読書がそうであるのと同じような機能をテレビも持つかもしれない。もっともテレビがそこまで人間の心の友となれるかどうかはまだ先のことだから分からない。

一方テレビ離れがそろそろ始まったということも聞く。いかにタダで寝ころんで見られるからといったって、見てて内容がつまらなかったら、いつかは飽きられるだけなのだ。もともと一つ家庭の中で五歳の子供と二十歳の青年と五十歳の大人がいっしょに見て楽しめるものなんてものは、この世の中に絶対ありっこないのである。それを、さもそんなものがありそうに、もっともらしい嘘を今までは見せられてきたわけだ。

8 ひとり立ちした女のインテリア

洋風、和風の根本をおさえる

インテリアの話に入るまえに、まずふれなければならないのは、現状の日本での、洋間と日本間の奇妙な折衷というか、その本質を無視したつくり方、住まい方、暮らし方についてであろう。

畳やベッドのいいところは、その下にたっぷりと空気の流れる空間があることなのだ。そのおかげで、ベッドの寝具はなにも毎日日光にあてなくても、夜までにはほとんど乾燥してくれるのである。私はベッドに寝ているが、いまだかつてフトン乾《ほ》しというのをしたことがない。少しでも日が射すと、東京のビルというビルの窓には、おムツやフトンがいっせいに勢ぞろいするという独特の風景は決してほめられたものではないからである。しかし近ごろは、寝ている人間の湿気を吸いとるだけで、それをどこにも逃さないベッドや畳がはやりだしている。つまり、ベッドの下に抽き出しや物入れをつけ、せっかくの空気の流れを封じてしまう最悪のデザインのことである。そしてもう一つは、マンションやアパートの畳敷きである。

マンションやアパートの畳敷きには、その下に本来の日本間にあったような空間がまったくつくられていないのである。もともと畳敷きの日本間というのは、少なくとも床上二、三十センチは高く、その下を空気が流れやすいように設計されたものだった。それが今のマンションは、あらかじめジュウタンを敷きこんでしまっている洋間とほとんど同一平面上に畳が敷かれているではないか！　その差といえば、せいぜいが畳の厚さくらいのものである。だから新しいマンションの畳にフトンを敷いて寝ると、人間の汗の逃げ場がなく、べっとりと濡れる感じになるわけだ。見栄や外聞もなくそれを窓に出して乾さないことには、東京じゅうの人間が病気になってしまう。いったいどんな建築デザイナーが考えだしたプランだったのか知らないが、なんとも下手くそな住宅プランだったといわなければならない。理由は、日本間の床を三十センチ上げたら、そのぶん天井が低くなるからなのだろう。しかし私ならたぶん、天井をたとえ低くしても床を上げた畳敷きとするだろう。なぜなら畳敷きの部屋とは、もともと人間が坐って生活をするところなのだから、立って生活をする洋間よりは天井が低くてあたりまえなのだ。

しかし一つの暮らしの中に洋風と和風とを持つようなゼイタクさが（これは本来、とてもゼイタクなことのはずだ）、ゼイタクさとは違う次元で用意されたとき、せっかくの日本間も洋間も似て非なるものに変容し、それを使いこなす人間の内容までもが知らず知らずのうちに変容してしまっているというのが、今の日本の現状ではないだろうか。ただ多くの人びとは、それに気づかないでいるだけのことなのだ。

そのいい例の一つが、「裸足《はだし》の洋装」という、まことに珍なる風景なのである。来客の訪問着なら、たとえば午後のアフタヌーン・ドレスであり、ときにはカクテル・ドレスふうでもあったりしてよいはずなのに、相手かまわず玄関で靴を脱がせてしまうのだから、そこにはもはやファッションなどというものは消えうせてしまうのだ。

戦後の日本人が和服から洋装に切りかえてもうすでに四十年になろうというのに、あれほど熱心に学んだファッションも、日常の暮らしの中では、ほとんど拒絶されつづけているわけである。世界でいちばんファッション好きなんていわれていながら、その実、はたして日本人は本気でファッションを着る気なのかどうか、この点がまことに疑わしくなるのである。それはいまだに外出やオフィスに着ていくだけのファッションにすぎないのであり、個人の生活の中ではとたんに靴を脱がされるような状況では、日常のおしゃれとしての本物のファッションなど、このままでは絶対に成り立ちようもないからである。足の先から頭の先までをトータルに装った相手に対して、帽子をとれの靴を脱げのというのは、本来、とんでもない無礼なことなのである。そうしたことを、あなたは考えたことがあるだろうか。

畳の日本間はあくまで、和服を着る日本式の生活がぴったりで合理的だが、自分の思うように家を建てられる人は別として、都会の間借り生活者のほとんどは、そこで優雅な和風生活を、なんてのんびりした趣味を愛して日本間を借りているわけではない。ひたすら貧しいから、借りている。伝統的な和風生活を望んで日本間を選んだのではなくて、安い家賃の貸間というとなぜか洋間はなくて、安普請の日本間しかないからである。日本の都会ではいまだ和風建築のほうが洋風建築よりも安くあがるのだろうかと、それがとてもフシギなのだが……。多くの人が和服ではなく洋服で暮らす世の中で、なぜか畳の部屋が多いままであるというのは、いったい家の中での合理的な暮らし、美しい暮らしということについてどう思っているのだろうかと、フシギに思われてくる。

そして結局は、大部分の人が畳を十分に生かしきれず、インテリアと称して、その上にジュータンを敷きつめて、小さな狭い洋間に変えてしまう。そこにベッド（くだんの物入れがついたベッドのこともある）を入れ、タンスやテレビやテーブルやソファーまで入れて、人間のいるところなどなくなり、まるで物置のような部屋に変えてしまっているのである。これはおかしい。人間がそこで休息し、生きる唯一のプライヴェートな空間としてよりも、物置のようなインテリアとは、いったいどういうわけなのか。そこには根本的な考えちがいというものがある。

そこでこの章は、プライヴァシーをつくる個室とは何かという根本から考え直すことと、洋服を着ている今の私たちにふさわしい洋風のインテリアとは何かということと、この二つをテーマにすることから始めなければならない。

プライヴァシーは個室のトイレから

いつかパリのオート・クチュールのコレクションを見ていたときだった。どこのサロンだかは思い出せない。なにしろ四、五日の間にみんなで二十近いメゾンをとびまわっていたのだから。たまたま日本人同士がそこに出会ったりすると懐かしくてこらえきれないような日本語の会話がとびかうのであった。

パリでも目立ってエレガントな松本弘子さんと『エル』の山中啓子さんのヒソ話が、近くにいた私の耳にも入ってきた……。

「……だって西洋人の膀胱《ぼうこう》って私たちのよりよほど大きいんじゃないのかしらネ?」

「たしかに日本人みたいにしょっちゅうしたくなるってことがないみたい……これ、ほんとに不思議だわ……私もう何十年も見てるわけだけど」

「日本食と洋食の関係もたしかにあるナ。ごはんはどうしても辛いオカズで、水やお茶をたくさん飲むし……」と私も口をはさむ。

そこで「大人の女」のために、おシャレやお化粧などよりも美の生理上もっと根本の問題……つまり「お便所の話」から、インテリアの話を始めよう。

なぜなら、サニタリーの構造が日本と西洋では基本的にちがっているわけで、そのちがいはすなわち居住や文化の構造のちがいでもあるからだ。それを無視して従来の狭い日本式便所の中に突然、便器だけ西洋式のものを置くことの不自然さが、あの「おべべ（便座カヴァー）」に集約されているのだと思う。

お尻をつけるたびにヒヤリとする西洋式のあの冷たさは、誰にもたしかに不愉快だが、暖かい「おべべ」は人ごとに取り替えがきかず、拭くこともできないという不衛生さ……それならなぜ日本式のを通さなかったのかと思うのである。日本式のそれが家族共用の便器としては西洋のものなどよりはるかに優れたデザインであることは間違いないからだ。

パリにだって街のカフェなどの便所には、日本式とほとんどちがわない便器が今でもいっぱいある。それは日本のに較べればかなり頭の悪いデザインであり、一度でもそれを使ってみた人は「日本式の便器ってなかなかいいもんだったんだナ」と考え直すにちがいない。

しかしわれわれは昔から便所のことをご不浄と呼んだりして、臭いものにフタ式の、汚いものはできるだけ小さく狭く、しかもなるべく目立たないように陰に隠そうとしたりしてきた。そして、いつも寒い。玄関とか床の間の扱いとは明らかに格段の差別を強いながら、しかしご不浄のそうした位置づけにしては、かなり優れた便器を創造したことになる。

それにひきかえ腰かけ式の西洋便器はたしかに不衛生なのである。先に誰がお尻をつけたかも分からないところへ、自分の素肌を押しつけないことには用が足せないのだから、私などいちいちトイレットペーパーを何枚もその上に並べては、ソーッとお尻を当てたりしたものだ。なかなかうまく並ばないで、そのうちにもれそうになったことは何度もある。だから西洋式の欠点は、それを共用のものとしてではなくて、あくまでも個人用のものとして見直すことで、初めて解消されるわけだ。

共用よりはあくまでもプライヴェートなものとして完成された西洋式便器……この認識が足らないとき、私たちは思わぬ失敗を起こしてしまうだろう。たとえば日本婦人が外国でいとも気軽にやってしまう「おトイレはどちら?」または

「ちょっとおトイレを貸して下さい」が、とても無作法な、ときにはハシタナイものとなることがあるのだ。

来客のために共用のトイレを用意するところは外国ではよほど余裕のあるぜいたくな住まいなのであって、一般には自分の寝室に自分用の便器やビデがあるだけなのだから、それを貸して下さいとは、まるで「あなたの寝室を貸して下さい」というのとまったく同じことであり、もしそこで鍵をかけられ閉じこめられてしまったとしても文句はいえないことなのだ。

便器は必ず浴室や化粧室と同居しているし、ときには何の囲みもなしで、ベッドと並んでたりすることも珍しくない。だからヨソの家へ行ってトイレを借りたりしなくてもいいように、必ず自分の部屋で用をすましてから外出する……そんな子供の躾《しつけ》はとても厳しいのである。「よその家へ行ったらトイレを借りてはいけません」が、あちらの子供の躾なのだ。

もっともこれは外で用をたしたらＷＣでもカフェでも必ずお金がかかるという習慣が、ケチなフランス人の躾をいっそうキビシイものにするわけだ。しかしチップに不馴れな日本人にとっても、ＷＣのチップ制だけはいつも有難い、いいものだと私は思っている。その証拠としてチップ不用の日本のWCがちゃんとその機能を果たしているかを考えればすぐ分かることで、たとえば上野公園などで、その戸をあけてびっくりし、汚くてとても入れたものではなく、たいていは諦めて逃げ出し近くの喫茶店を探し、そして飲みたくもないコーヒーに五百円もとられたりすることを思えば……。

その点欧米のWCには常時そこにおばさんがいて、もし少しでも汚れたら掃除して次の人が快適に使えるように管理しているのである。そのためのたかが百円たらずのチップが高いと思うほうがおかしい。

いつか私はWCの中のチップ台に坐ってたオバさんが、サンドウィッチとワインでゆうゆうと昼食をとってる場面にぶつかり、かなり驚き、同時に感動したことがあった。つまりその便所は食事がとれるくらい、いつも清潔にされているということなのだから、これは日本人には想像も及ばないことではないだろうか。

トイレは汚いもの……という日本人特有の意識が、便所をいっそう汚くし、さらにそれが汚くてあたりまえというふうになってしまったところに最大の問題がありはしないだろうか。公園の便所が汚いままに放り出されているのがそのいい例であるが、それは一般家庭でも程度の差こそあれ同じことなのである。

私の知ってる限りでは公共のＷＣだけでなく、あちらの一般家庭でも便器やバスタブや洗面器は毎日クレンザーで磨かれていた。そのやり方も日本と違って、ちょっと面白いナと思ったのは、掃除用具を日本みたいに便器用や台所の流し用などといちいちキビしくは区別しないことであった。クレンザーをつけて同じタワシでこすりながら水を流してゆき、さらに最後にカラぶきする白い雑巾が、台所用も便所用も区別なしで使われてしまうのを見た。しかしこれはよく考えてみると、便所も台所の流しとまったく同じようにキレイにされた結果なのだと考えるほうが妥当ではあるまいか。われわれだって、温泉や海水浴のあと、お尻用と顔用のタオルを区別していない。でなかったらＷＣのあのオバさんの食事をとても理解することはできないでしまうだろう。

外国の一般家庭には白いホーローや陶器でできたものがずっと多いのである。部屋ごとの洗面器、便器、ビデ、バスタブ、それに台所の流し、レンジなど、何十とある衛生器具、台所器具などは汚れや埃《ほこり》の目立ちやすい白いものを使い、それを毎日磨くのである。日本の主婦が便器やガスレンジを毎日磨いてるのを不幸にして私はまだ一度も見たことがない。

しかもビデ用の小さいタオルは、小用をするたびに新しく使うもので、一人が一日五回くらいずつ使う分を毎日洗ってはアイロンで四つ畳みにし、そばの机にきちんと用意周到に重ねておく……これもたいへんな主婦の労働だと思った。

すっかりそれに感動した私は親しいフランス人に思いきってきいてみたことがある。

「ほんとにフランス女性は、小便するたびにビデでちゃんと洗うんですか」

なんてバカなことを……。するとたちまち恐ろしい反問が返ってきた。

「もちろんその通りだけれど、それじゃ日本人は洗わないでいったいどうするのですか」

「日本にはビデなんかないから、たぶん紙でふくはずです」

しかし「ふく」という動詞が急に思い浮かばなくて、「こする」だの何だのといろんなことをいってるうちに、相手の婦人の表情がますます奇妙なものになっていったのを思い出す。そして最後には、

「こする？　それはキタナイです」

でケリ……。

ひねれば水や湯が出て用便のあとにいつでも下腹部を洗えるビデという道具は、どの家庭でも寝室ごとに（子供部屋も）据えつけられているのが普通だが、ちょっと日本式便器と形が似てるので、日本の観光客の中には間違えてそこにやってしまう人もいたと聞く。これは液体しか流さないので、もし大きな塊を入れてしまったら、あとがたいへんだったろうと思うのである。そこで日本から持ってきた箸を使った……なんて、これは少しできすぎた笑い話かもしれない。

しかし、ビデは日本でも洋式便器などよりもぜひ先に普及しなければならないものだったと思う。もちろんこれは、恋愛の場合にも重大な役割を果たすからだ。

プライヴァシーのある、つまり自分の鍵のある寝室ならば、バスタブや便器やビデのサニタリーは必ずしも独立した小部屋を必要としないし、区切らずにベッドやテーブルと並んでむき出しにレイアウトしてあったほうがむしろ便利なくらいなのである。むき出しのほうが三尺四方の日本式のように汚しっ放しにはしておけない点も実際的だ。

そういうと必ず返ってくる質問の一つ……。

「だってもし他人がいたときは困るでしょう?」

もともとプライヴァシーにはみだりに友達や来客を入れるものではないし、それでは自分のプライヴァシーを自分で崩してることになる。それにまだ気づかないふうなのである。

プライヴァシーが人格形成にとっていかに重大なものであるという認識はまだかなり低いのではないかと思う。

「でもトイレに囲いがなかったら臭《にお》いが……」

この心配ならまだマトモなほうだ。しかし西洋便器の蓋はダテについてるのではない。便器の中の水の溜まりもダテに溜まってるのではない。その水の溜まりは塊と同時に臭いまでも沈めてしまうからで、三尺四方の狭い便所なら臭うかもしれないものが、十畳大の寝室では臭わないのである。

「でも十畳大の部屋でするなんて私、なにか落ち着かないわ……誰かにどこからか見られてるようで」

これも実感としては分かるけれど、単に狭くないと不安だといった居住の貧乏根性が原因なら、そんなものはさっさと捨てさればいい。鍵のない部屋に住みなれた感覚が原因なら、まず部屋に鍵を付けてみることでそれはいっぺんに解消するだろう。すなわちこれで〈女性も独りで生きられる〉……という意識変革の第一歩となるにちがいないことも確かだ。

インテリアにゼイタクは無用

人はそのほとんどの時間を家の中で暮らす。どうせなら少しでもいい部屋にしたい。どんな部屋がいいかというのは個人的な趣味や使い勝手で決まるだろうから、いちがいにはいえない。

しかし自分の部屋については、ああしたいこうしたいと考えるのが当然だろう。だが、あまり自分の部屋の理想を追いすぎると、ちょうどヴィスコンティ描くところの『ルードウィッヒ』の部屋みたいな絢爛《けんらん》豪華な狂的悪趣味になりかねないのだ。ある程度のいいかげんなところで折りあって、諦めたり我慢したりするほうが、ルードウィッヒみたいに狂気の城に閉じこもるよりは、はるかにいいだろう。

つまり、インテリアなんていうゼイタクはもともと無用なのである。その証拠に、もしあなたが旅先のホテルに部屋を求めたとしよう。そのときのことを考えてみるといい。はたして、壁紙の色がどうの、ベッドやカーテンの色や材質がどうのと、うるさく注文を出すだろうか。それらも少しは選ぶ基準になるかもしれないが、それよりもずっと重大なのは、鍵はちゃんと閉まるか、ベッドのスプリングはどうか、窓の方角は南か北か、バスタブやシャワーの湯がちゃんと出るか、排水は大丈夫かという機能的なことであり、やや落ち着いてから部屋やバスルームの広さはどうか、窓の景色は、照明のぐあいは、となるのである。タンスやイスやテーブルなどはむしろ、いちばん最後のことなのである。カーテンの色などは、どうせ自分の部屋じゃないのだからどうでもいい、気に入らなければいつも開けておけばいいというくらいのものなのだ。

相手はレディメイドの部屋、自分が好きなようにつくったものではないのだから、当然気にくわないことばかり、そこで独りで生活するのに、つまり個室として使うのに必要な機能さえそろっていれば、まずは合格と思うのではなかろうか。

しかもほとんどの日本人にとっては、自分がつくって住んでいる部屋よりもホテルのほうが、たいていはさっぱりしていて美しく、しかも便利に使い勝手よくちゃんとできているというのが現実なのだ。日本の住宅水準では、個人住宅の個室など悲しいかな、安いビジネスホテルの水準にも達していないのではないかと思われるのである。一生をそこで暮らそうと思って家をつくりながら、街のビジネスホテルほどにも達しない不完全な機能の部屋に住んでいるのが大部分ではなかろうか。

となると、そこに美しいインテリア論など持ち出してなんのことがあろうか？その前に、まず個室としての最低の機能を満たすべく、個室のドアに鍵をつけることからやり直しをしなければならないのだ。

すべての部屋は、鍵がついて初めて個室となる。プライヴァシーを他人におびやかされるという不安を、その鍵がとり除いてくれる。そうして初めて、人間は心身ともに個室でハダカになることができるのだ。広い世界で、この小さな自分の空間だけが、誰にも気がねなくハダカになって休める空間となる。

人間はそこで初めて、他人や社会のために着ていたおしゃれな衣服を脱ぎ捨てることができるだろう。素っ裸になれるばかりでなく、他人の前ではしたくないあらゆる行為を、安心してゆっくりとすることができるのである。そのための設備と機能が、まずはじめにインテリアとして用意されなければならないことがらなのだ。

その第一は、寝る用意である。これが個室の最大の目的であり、同時にこれは、セックスの用意でもあるのだ。安心してセックスのできない個室なんて、個室の用を足していないわけで、そんな現実が日本中に怪しげな温泉マークのホテル産業を繁栄させた一因ともなっているのだ。もう一つは生理または排泄の用意である。個室には最低この二つの機能が必要なのだが、日本の大人たちの個室には、はたして完備しているだろうか。食べる用意も人によっては必要だろうが、これは必ずしも他人の目をさける必要がないので、キッチンの機能は家族共用のスペースに置き、個室にとりこむのをいやがる人もいる。

いずれにしても、個室のない住居は家としては不完全なものだから、高級なファニチャーなど持ちこんでも、なんにもならない。

たしかに色彩のコーディネーションは汚いよりはキレイなほうがいいに決まっている。しかしインテリアと称してしゃれのめすよりは、もっともっと前の問題が、まだまだいっぱいあるではないかということなのである。

まず個室には鍵をつけること、そして次の条件はトイレが家族共用ではなくて、個人用であること、これが大人の個室の最低の条件である。むしろ借間でも同じことである。これらを完備しなくては、結局いつまでもプライヴァシーの確立していない生活をつづけるしかない。

トイレに関していえば、水洗便器を一つ、ベッドの脇か部屋の隅にとりつければすむことであるから、新たに特別なスペースをこしらえる必要はない。私などは、部屋の中にこしらえた西洋式便器が、いつも固定している白い腰かけとして重宝しているくらいだ。それに部屋にむき出しの便器ともなれば、誰だっていつもキレイにしておくもので、家族共用の便器などより、ずっとピカピカの状態になっている。臭いについての心配などいらないことは、すでに述べたとおりである。

さて、あなたの個室にそれだけの基本的設備が備わったなら、ほかにはなるべく何もないほうが好ましい。色も飾りも雰囲気も……である。あとはその部屋の主人公であるあなたがいればいい。

たとえば自分ではせいいっぱい好きなように考えてつくった新工夫のわが家などよりも、旅先で偶然投宿したホテルのインテリアのほうが、たいていはずっとステキで暮らしやすいといった現実からおして考えてみても、自分の部屋を注文してあれこれつくるなんていう努力の空しさが、つくづくと分かってくるのである。そのためにほとんどの人が、しょっちゅう部屋の模様がえをやらなければならないというのが現状ではないだろうか。ファニチャーを動かすぐらいなら運動にもなっていいけれど、カーテンやカーペット、さらにはイスやテーブル、そのほか高価なものまで買いかえるとなると、その費用たるや莫大なものとなる。そんなことに大金と労力を使うくらいなら、インテリアなどあちらまかせのレディメイドのホテルにでも泊まり歩いたほうが、いっそずっと経済的で、気晴らしにもなろうというものだ。その部屋の主人公さえしっかりしていれば、インテリアがどうだからといって、たいした問題ではないからだ。

シンプルな空間が最高！

キチネットがあると便利

ベッドとサニタリーの基本がそろったら、あとは何もなく広びろとシンプルな空間だけが余っている感じ、そんな淋しい感じの部屋がいい。そんな広びろとした日本間も好きだけれど、日本のキモノを着て畳にハダシで坐る生活が現在の私にはまず不可能だから、これはただの夢の話となる。

さて、私の現在の洋間には風のよく通る南の窓の下にダブルベッドを置いている。昼の窓の明りを背にして毎日、新聞や本を読みながら、一時間くらい昼寝をするのが習慣だからだ。これが電灯でなく必ず自然光でないとなぜか昼寝にならないから不思議である。ベッドはだから私の場合、ヘッドボードの上に大きな窓がなければならない。寝ころんで眼の前に空が見えたのでは明るすぎて眠れないし、鎧戸《よろいど》をしめたら本が読めないからである。

ベッドのワキにはかなりゆったりした肘《ひじ》かけ椅子が一つだけある。ベッドに寝ないときはこれに腰かけ、両脚をベッドの上にのっけて読書をしたりイラストを描いたりする。サイドテーブルをベッドの右側に置く。夜のスタンドは、ナイトテーブルに置くよりも、ペンダント式にしたほうがいい。寝ても起きても頭の上にくるように、自由に移動できるペンダントを天井からさげるのである。

ときに友人たちを招んで楽しむ空間としては、部屋の一隅にキチネットをつくるのがよい。私の部屋もそうしている。友人たちのほうを向いてコーヒーなどをいれられるよう、対面式のカウンターとなっている。毎日朝食をつくるのなら、ベッドのすぐそばが重宝でいい。出来あがったカフェ・コンプレ（コンチネンタル式の朝食）をふたたびベッドに寝そべって食うこともできよう。

キッチンは便所と同じ感覚で、清潔がいちばん。だから「クサイものにフタ」式のスタイルだけはきびしく排除する。人目につかないスペースや物の隠し場所というものをなるべくつくらないことが肝心だ。つまり婦人・女性雑誌の大好きな収納部分はできるだけつくらない。これは、しまっておかなければならないものなど、はじめから持たないという、ふだんの思想が一本ちゃんと通っていないとできないことだろう。

とにかくモノを持たないことだ

私は物をしまっておくというのが小さいときから天才的にニガテだったらしく、子供はよく切手や蝶や虫を集めたりするが、私はやらなかった。小学校に入ってから義務的にやらされたことはあるが、そのあと整理整頓せずに放っておいて、「そんなら、はじめからコレクションなどよしなさい」と怒られた。それを心から「ナルホド」と思ったのである。長ずるに及んでも、だから物を決して集めないのだ。

たとえば今までたくさんの本を買ったが、それが一冊も私のところには残っていない。面白いと思ったりタメになると思うと、それをぜひ読ませたい友人がいるもので、その人にあげてしまうのである。だから今ある本はまだ読んでいない数冊だけということになる。「そんなにたくさん原稿を書いてて、資料などはいらないのですか」ときかれたこともあるが、皆さんもお分かりと思うが、私の雑文で資料を必要としたことはまだ一回もない。

同じことで恋人も長い年月には数えきれないくらいたくさんいたが、まだ一度も所有したことがないのだ。だからその保存や管理の費用も払ったことがない。したがってお金だっていつもたくさんはいらない。たぶん友人の半分か三分の一くらいしかかからなかったと思う。それでもみんなよりはゼイタクな暮らしだったと思っているのだ。だから決して欲張って稼ぐ必要もなかった。生存競争の世の中を人を押しのけて生きてきたという自覚はあまりないのだけれど、それでも私の生活水準は自分の知らないところで、たくさんの犠牲者の上に乗っかっている、なんていわれて、これは正直ガクンときた。これ以上モノを持たない方法となると一般的にはかなり難しいのではないかと思うけれど。

田舎なら蔵、土蔵でモノを安全に保管するのだろうが、都会において広い収納場所なんて、その空間と時間のムダを犯罪的にしか感じられないようなクセが、いつのまにか私の中で大きくなったのである。

もともと人が生きていくうえで本当に必要なものなんて、そんなにたくさんはないものだ。外国に半年や一年も行ってくる人の荷物だって、せいぜい二十キロのトランクが一つか二つあれば、万事用は足りるのである。

収納場所さえなければ、余計なものは求めなくなる。不用になったものなら誰かにあげるとか捨てればいいのだが、それも面倒くさいのでついしまっておく、ということもあるわけだ。それを考えたら、ともかくモノははじめから持たないことがいちばん、どうしても必要なものだけをよくよく考えて持つ。それらをどのスペースに置くか——部屋のレイアウトとは、それだけのことなのだ。これがなかなか楽しく、同時に難かしいのである。つまり自分が持っているものすべてが部屋にレイアウトされているのであって、それ以外にしまったりかくしたりしているものは何もない、そんなインテリアとなるわけである。

じゅうたんに裸足は厳禁

板敷きと畳敷きの床《フロア》、それだけで何もないのが、日本間ならいちばん美しいインテリアだ。あとは壁と戸がある四方の囲みだけでいい。戸を開けると、庭や戸外の風景が見事な額縁になる。もちろんタンスなどを畳敷きに置いては絶対にいけない。タンスは板の間に置く……。しかし、これほど徹底して美しい日本間には、今や私たちはまず住めなくなってしまった。私も洋間に住んでいる。洋間に住むからには、来客に靴を脱がせるようなことはしない。洋間は、洋服を着、靴をはいて生活するのがふさわしいからだ。

さて、そうした洋間の場合の床《フロア》について——。

板敷きの床は洋間でも最高である。洋間にはカーペットというのが最近の流行になってしまったが、もしカーペットを敷くなら敷きつめにはしないこと。客を招いてダンスをするときのために、簡単にカーペットがはがせるようにしておく。カーペットの上では踊れないからだ。とくにスローのチークダンスは床が滑らないと、必ずつまずいて転んでしまう。

木の代わりにいろいろな化学建材も出まわっているが、みなダンスだけはダメ。靴の底が床にへばりついてしまうからだ。だからスベスベの木のフローリングにして、毎日の拭き掃除は必ず自分でやればいい。これを欠かさずやっていれば、ジョギングだのなわとびだのと、わざわざシェイプアップなどしなくていいほどだ。

そして拭いたあとの木の床のところどころに、じゅうたんをピース敷きにする。歩くには、ピカピカの床よりじゅうたんのほうがやはりラクだからだ。じゅうたんは木の床の色に合ったものなら何でもいい。上等なものなら何代でも使えるだろうが、そんな高価な物の必要はない。汚れたら捨てるつもりで、安くて美しい合繊物で十分。

ただし、じゅうたんにとっていちばん困るのがハダシになった人間の足の脂や汗である。これが一年や二年もしみついたものは、いくら電気掃除機をかけてもとれないのだ。靴底が運ぶ泥くらいはどんどん吸いとるのに、足の脂だけは絶対ダメなのである。これが日本の五、六月、つまり暑くなり湿気が多くなるにつれて発酵を起こし、閉めきった部屋などではいたたまれないくらい妙な悪臭を放つ。いったい何の臭《にお》いか分からずに香水などをまいてごまかす人もいるが、とてもごまかしきれるものではない。

けっきょくは高価なじゅうたんが大事だと思ったら、ハダシは厳禁とすることだ。

スリッパは清潔か

いつかイギリスのエリザベス女王が日本に来て桂離宮を訪ねたときのテレビニ

ユースでのことである。彼女が桂離宮にあがるとき、はたしてその靴を脱ぐか、脱がないか、もし脱いだとすればこれはヨーロッパ宮廷史上かつてないビッグニユースとなろうし、はたしてそれをテレビはちゃんと映すかどうか……私はかたずをのんでみていたことがある。

西洋人のマナーでは、淑女が人の前で靴を脱ぐことは、まずありえない。娼婦でさえ商売上パンツは脱いでも靴は脱がずにベッドに寝るそうである。パンツは脱いでもハダシは売らぬという、西洋人が持つ足のフェティシズムがとても面白い。

さて桂離宮に入るとき、エリザベス女王は恐らく生まれて初めて他人の見ている前で自分の靴を脱いだのだった。うすいストッキングをとおして指の長さまではっきり見えるそのままの姿で、足先がテレビ画面にアップ……。それはテレビマンの鋭いキャッチだった。靴を脱いだばかりの足はひどくむくむもので、それはかわいそうなのである。女王の足指もそうだったのはいたし方ない。靴に圧《お》されてムッチリした指と細い甲幅が、さすがに華奢《きやしや》でかわいいくらいだったが……。

洋装の訪問客を半ば強制的に靴を脱がせ、ハダシにしてしまうのは、一種の暴力的な風習といってもよいのだが、それならヒールのついたサンダルのようなものをスリッパ代わりに用意すれば、という方もいらっしゃるかもしれない。しかしヒールがついていれば何でもいいというわけで来訪者はその日の靴をはいているわけではないのである。頭の先から足の先までをトータルに装うのがファッションというのなら、やはり来客には靴を脱がせない洋風生活にしていくことのほうが正しい。

それになにも女性でなくたって、誰が使ったか分からないスリッパというものくらい気味の悪いものはないのである。客が帰るたびに消毒するホテルのものならまだいいようなものだが、男の臭い足の脂や水虫菌の残ったスリッパだけは、ごめんこうむりたいと思っているので、私は玄関先で用をすましてあがらずに帰ることが多い。

ホテルでさえスリッパは鍵のかかった個室でだけ使うもので、スリッパのままで廊下など歩かれては困るわけだ。それなのに来客をスリッパで迎えるというのは、とても奇妙なことなのである。西洋人だって自分の個室にいるときは、ハイヒールなどはいている女性は一人もいないはずで、しかし一歩自分の部屋から出たなら、面倒がらずに靴をはくのである。

床に段差をつけてみる

もし自分で部屋をつくるときがあったら、床は平らにという固定観念を捨てて、一部に段差（スキップ・フロア）をつけるととても便利だ。上り下りの気にならない四十センチ前後とする。それを利用すると椅子がわりにもなる。来客のためにふだん使いもしない椅子をセットしておくのはムダだけれど、段差に腰かけるなら、クッションの一つもおけばすむことだ。

間借りの部屋なら、ベッドをそのようなつもりでレイアウトする手がある。独り暮らしだからなんて、ヘンに遠慮がちにシングルサイズのベッドなど買わずに、でんとキングサイズのバカでかいのを部屋の片隅にセットしてしまう。それをベッドだと思わずに、部屋の床の一部が一段高くなっているコーナーと考えるのである。もちろん寝るときはそこが全部ベッドだから、どんなに寝相が悪い人でも安心。そのベッドのスプリングは、フワフワでないほうがいい。だいたいフワフワのベッドは、最近は流行《はや》らない。健康にもよくないことが分かったからである。

キングサイズだと畳二畳くらいの大きさだから、自分の部屋の一隅が一段高くなっているといったイメージをつくり上げることができるわけで、寝るだけでなくいろいろな使い方が可能だ。その場合ワンルームの大きさは理想をいうと、やはり二十畳はほしいけれど、十畳でもできないことはない。そうなればなおさら、イス、テーブルの類を思いきって捨てることが肝心。

色づかいはベーシックに

インテリアの色彩は白、黒、グレー、そのほかならアースカラーとしてのベージュ、茶などに限る。緑は目のためにいい、なんて信じている人が意外に多くて、カーペットやカーテンなどにまで緑を使いたがるけれど、悪趣味ここに極まれりである。

自然の緑はいいけれど、ペンキや布地の緑はいつも必ず安っぽいからだ。私は長い間風景を描いてきたが、緑がいちばんムズかしい色なのである。とくに緑が一面の夏の風景などは、いつもほとんど絵にならないと断言していい。緑なら何でもいいのではなくて、緑の中にはキミの悪い緑がどっさりあって、そのほうがむしろ多いのだということも知っておいてほしいものである。

だから部屋の中を緑で塗るなんてことは、絶対にやらないこと。どうしても緑がほしいなら、白や茶やグレーのところに、本物の緑の木や草を置くほうがずっと自然で成功率も高い。緑の葉の中に赤いバラやハデなピンクの花が咲くのはたしかにとても美しいが、それを手本にして緑の壁を塗り、ピンクの天井にしたらどうなるか——キレイどころかすぐに頭が痛くなってくるだろう。自然のつくる美しさやその調和というのは、本当はとてもグロテスクなものなんだということを知るであろう。このように自然を学ぶということはなにか簡単なようでとてもムズかしいことなのである。

そのもっとも悪い例が、自然の木や花などを図案化したパッチワークやアプリケをあちこちちりばめたインテリア。これが日本のマイホームに氾濫《はんらん》しているのである。たまに訪問してそんな部屋に通されてしまったときのあのオソロシさ……。なにか女の恨みかなにかの情念がぎっしりこもっているみたいで、落ち着かないことおびただしいのである。いくらヒマがあるからといって、あんな恐ろしい手芸のようなものを、自分の部屋につめこんではいけないだろう。まるでお化けの部屋だ。

その手芸はまもなくペットの犬に洋服を着せたかと思うと、なぜか電話や便器にまでおべべを着せて、とどまるところがない。そのコースがみんな似てるのもおかしい。たぶんそれは多くがサラリーマンの奥さま族かと思われる。恐らく社会に出て稼いでる女性には、そんなヒマも考えも起きないだろうと思うからだ。

ほんとに美しい花を愛し花を飾るなら、なにも花のマネゴトをしたプリントなどで部屋をうるさくしないことだ。そこに何もないから、花を飾って花が生きるのだ。実をいうと私は花さえも自分の部屋には飾らないのである。自分の自由な空間では美がいっそううるさいと思うからだ。ほんとに何もないのがいい。そうすると、ふとコーヒーをいれたときの湯わかしのホーローの色が、とてもキレイだったり、茶碗の模様がよかったりするのだ。だから部屋の中で美しいものは、そこに飾られたものでなくて、ふと使われたものに限るということである。いつもセットしてあるのではなくて、必要に応じて現われたり消えたりするときに、それらが美しいのである。それらを美しく見せるのが、インテリアなのである。

9　オート・クチュールの美、キモノの美

オート・クチュールを着こなす細身の威厳

西洋人と比べた日本人の肉体的貧困は、ほとんどその手脚の短さに要約されているだろう。

脚が短すぎるから背丈が小さくなるけれど、胴体はずっと長いのだ。その上長い胴体はずるずるとただ細長く、肩幅も小さく、尻の盛り上がりにも欠けて、きわめてアクセントに乏しく、全体のムーヴマンを失ってしまう。つまり動線の美しいダイナミズムがないわけだ。とくに背中の肩からウエストに向かって動く線、ヒップのつけ根で終わるこの線のムーヴマンに欠ける。ズボンをはいた女でも男でも、いちばんセクシーなアクセントは欠落してしまう。

ところがこのアクセントのない蛇のような胴体は、和服で包まれると、とたんにセクシーになるのだから不思議だ。洋服では欠点だった、肩が小さく薄っぺらなところなどは、急に長所になってゆく。洋服ならコルセットで締めつけてでも細くしたいウエストラインは、和服ではわざわざたくさんのさらしを巻いてズン胴にしてしまうほどだ。

しかし洋服美と和服美のいちばんの違いというなら、洋服美はもともとがデザインされた立体造型なのに対して、和服には造型デザインなどはまったくないことである。和服でデザインされるところは立体でなしに、その布地や柄だけ、つまりテキスタイル・デザインに限られている。キモノは布地を肉体に直接に巻きつけるだけなのだから、巻きつけ方と、その留め方という着こなし（着付け）が重要になってしまう。これがなかなかムズかしくて、今ではその学校があるくらいなのだ。

洋服の立体造型というのは分かりやすくいうと、いわゆる昔のクリスチャン・ディオールなんかがさかんにやったように、ドレスの形《シルエット》を、Hラインというストレートなずん胴のキューブ（立体）にしてみたり、Aラインと称して、下広がりのトラペーズ型にしたり、いわば人間の裸体の線にじかにではなく、肉体の線からは離して、その上にもう一つの立体を新しく造形してしまうのである。だからはじめからちゃんとつくられている鎧《よろい》の中に人間がスポッと入ってしまうようなもので、人の裸体の線はそこには直接は出てこないようになっている。とくにある種のオート・クチュールなどでは、服そのものがつくり出す立体感の彫刻のような美しさに惚《ほ》れぼれすることがある。その中に入る人の体など多少手脚が長かろうが短かろうが関係なしで、服だけの立体美《シルエット》が完全無欠なのだ。つまり人がその中に入ってしまえばもうしめたものなので、どうしても入れないほど太っている人が、オート・クチュールにとってはいちばん困るわけだ。上流階級の人がみな同じようにスンナリ細くてスマートになってしまったのは、社交の条件として絶対にオート・クチュールだけは着こなさざるをえなかったからにちがいない。物理的には、少なくとも体さえ細ければ、必ずそこに入るわけで、しかも細すぎて困るということがないのだから、いつの間にか女は細ければ細いほど美しいといった一つの美学が生まれてきたのかもしれない。

パリでオート・クチュールのコレクションを見る楽しさは、服そのものの面白さによりも、むしろそれを買いにきている金持階級の人たちをまのあたりに見れることにある。

これらの人たちというのはパリの街などをいくら歩いてもなかなか見かけることのない特別人種で、恐らくパリなんては、オート・クチュールをつくることくらいしか用はないのではないかと思うほどだ。外国からきた王侯貴族たちもオート・クチュールのお客で、それがヨーロッパではみな親戚関係の同族らしいのだから、彼らもまたその国の一般市民とは別人種なのだろう。

街で見かける中年や老人の女性で、このように細くスマートな婦人などはほとんどいない。たしかに若いうちは誰も彼もあんなに細く美しいのに、中年以上になると、まるで象か豚のように肥え太ってしまう。日本人の大根脚なんてこれに比べたらまるでかわいいくらいのものではないかとホッと安心するほどだ。

それがグラン・クチュリエのサロンに集まるこれら貴婦人たちときたら、まるで若い娘などよりよっぽど細くてスマート。とくにオート・クチュールなんてものを実際に着る段になると、若くて美しいのが自慢のハウスマネキン（グラン・クチュリエの専属モデル）などはその気品からいっても、とてもその足元にも及ばない。「若いって、つまりはよく日本人のいうションベンくさいということでしかないんだナ」と、昔初めてそれを見たときの私の正直な印象であった。

オート・クチュールに限っていえば、たしかに女の美しさというものは決して若さなどではないもっと別のものだ。あんなゼイタクな鎧《よろい》のような服を平気で着こなすということは、ただ細いからそこに入れる、なんていうこととはちがった別の何かがあるわけで、それは単純に年齢といってしまうにはもう少し複雑なもの、長年に積み上げたゼイタクのキャリアのようなもの、または貫禄のようなものではないかと思われるのである。西洋人って年をとれば誰でも太るものと思っていたけれど、人間はその気になればいつまでだって、こんなふうにカッコよくなっていられるものかと、改めて彼らの精神力にはびっくりしてしまう。それはあながち別人種だなどといって片づけてしまうわけにはいかないものであり、左翼の過激派にでもいわせたら死刑に値するような種族が、現実に、現在もこのように威厳を保ち続けているのだ。

立ち姿の美か、ダイナミックな動きの美か

その点、和服というのは、一枚の布を、太った人にも痩《や》せた人にも、その体なりにじかに巻きつける衣服なのだ。太い姿か細い姿かは当人の体格次第ということになる。そしてそれは、オート・クチュールみたいに必ずしも細い姿だけがい

いとは限らず、丸いのは丸いなりのまた別な美がずっと可能なのである。襟《えり》のぬき方、開け方、帯の幅とその高さ低さ、そして結び方などで、キチッと巻きつけただけのキモノがいかようにも表情を変える不思議さ……。それが着付けだ。

洋服のような服の立体造型そのものではなしに、あくまでもそれを巻きつける人の肉体そのものを物語る道具として、和服はまことに表現的な服だといえるのである。キモノは肉体の言葉か唄のように、自分をいつも唄っていたいような服なのである。言葉がふと沈黙してしまったときは、キモノはその美しさをすっかり失ってしまう。

沈黙とはすなわち、和服を着てつっ立っただけの立ち姿のことだ。和服が立ったままで美しいということがありえないのは、洋服のような立体の造型がもともとそこにデザインされていないからだが、巻きつけられた和服が、ただの布みたいにだらしなくぶら下がってるだけの状態では、どうしてもその肉体を唄うというわけにはいかないのである。布が肉体を語り出すのは、肉体が少しでも動き出したときであり、するととたんに巻きつけられた布と肉体とのマサツと抵抗が、微妙な音を立てるわけだ。

反対に洋服の立体デザインは人間をつっ立たせたポーズの上に造型しているわけだから、その美しい洋服のシルエットをできるだけ崩すまいとしたら、彼らのマナーや所作は、つっ立ったままのポーズがいちばんいいわけで、坐ったりしたのではせっかくデザインされたシルエットがすっかり崩れてしまうのである。

ことにフォーマルに装ったときは何事をするにも立ったままが華麗で、挨拶も、会話も、握手や接吻も、おしゃべりも飲み食いも立ってやり、またはせいぜい歩くかである。彼女らにとってハイヒールで何時間つっ立っていても、自分のシルエットを美しく保つためとなれば、決して疲れることはないのであろう。しかし日本の婦人はこんな場合も、なぜかすぐ椅子を探し出して坐りたがるようだ。日本人は疲れやすい体質なのか、それともそのシルエットなどを見せたくはないからなのか。とにかく西洋人たちはみな立っているのに、日本人だけが椅子を集めてきてどかっと坐りこんでしまうという光景は、決していいものでもほめられたものでもないようである。そしてそれは男性も同じで、しかも、坐ったとたんに煙草を喫っては煙を吐き出すものだから、その一角に突如火事を出してしまったのかとまわりから勘ちがいされ、びっくりされるほどなのである。おしゃれのアクセサリーに煙草を使ったのは西洋ではとっくの昔なのに、日本人はまだ人前で平気で煙草をつける人が多いのもとても時代遅れの感じがする。

たしかに和服姿なら立っているよりは坐っているほうがずっと美しい。どうせ坐るなら椅子よりも座ぶとんに坐ったほうがサマになるけれど……。つまり、体にぶら下がったままで沈黙を強いられたキモノが、主人公が坐ったら、とたんに話し出すのである。それでキモノが初めて一つの造型を持ったわけだ。ことに女性の袖が左右に大きく拡がった坐りポーズなどは、すごく雄弁な姿であろう。

椅子に坐るときは腰で九十度、膝で九十度の屈折だが、座敷の正座となると、腰で九十度、膝では百八十度の屈折となる。挨拶のおじぎともなれば、腰の九十度は百二十度にも百五十度にもなり、しつこい人はそれを三度も四度もくりかえす。まるでウルトラCの体操でもやってるような激しい動きを見せるのだが、しかし見ていてそれがちっともおかしくはないばかりか、けっこう優雅で美しいのが不思議だ。なぜだろう。

つまり和服美にとって、肉体のオーヴァー・アクションは、不可欠の条件となっていることがこれで分かるのである。和服の美は肉体がその中から動き出して、表面の布に複雑な変化を与えることで奏でられる音楽だから、洋服みたいな空間造型でなしに時間造型なのだ。その肉体は静止することなく動き続け、表側の布に向かって何らかの刺激を常に内側から送り続けているものなのだ。

肉体がよく動くところといえば、いろんな関節の部分であり、腰を極限に曲げる挨拶のマナーなんてものは、和服だけが生み出したものだろう。

襖《ふすま》の開けたてなどもその前後には膝を何回も九十度に曲げたり伸ばしたりしなければならないが、たとえ不必要と思われる動きでも、それが美しく見えるための表現ならば、キモノにとってはまことに必要不可欠なものだったのである。このようにオーヴァーなゼスチュアというものは、きっと日本の和服文化が長い間につくりあげたもので、歌舞伎などを見ると、とくに女形の美しさなどで、このようなオーヴァーな振る舞いや発声などをたくさんみつけることができる。大げさに肩を波打たせて泣いたり叫んだり、くねくねと身をねじ曲げて嘆いたり……。

けっきょく日本のお芝居や映画というのは、全体としてひどくオーヴァーでやかましいのが特徴だろう。俳優たちも力演となると必ず大声を出してどなるのであるが、外国のドラマだと感情が高揚するクライマックスの表現には、かえって、それに耐えようとする主人公の沈黙で表現することが多いのである。

たとえば恋人が死んでゆく悲しい場面では、それにしがみつき、あらん限り大声でヨヨヨと泣き崩れるのが日本式。

反対にあちらのはちょっと離れて、棒のようにつっ立ったまま、必死で涙をこらえているポーズ。声を出しも泣きもしないのに、いつの間にかひとしずくの涙が頬をつたわって落ちる……。これが西洋式で、とても静かなのである。それぞれの好き好きだから、どちらがいいとはいえないけれど。

キモノがつくる新しい男性美

和服が洋服といちばん異なるもう一つの特徴は、日本人は肉体の性差が西洋人ほど大きくはないように、性差がほとんどないことだろう。西洋の女のドレスと男の背広とは、誰が見ても大違いだけれど、日本の女と男のキモノは、柄や色を除いた機能の面では、同じワンピースだ。西洋の男のようには腕力がなくて、自分の恋人を軽がると抱きあげることなどとてもできない、力の貧弱な日本男子が、西洋式の胸の厚い背広のジャケットをはおり、その下に短いズボンをどうはいてみたところで、とてもカッコいいなんてはお世辞にもいえないのだけれど、あのワンピース式和服を着ると、とたんに華奢《きゃしゃ》でデリケートな独特の男性美ができあがってしまう。

西洋人が見ると、どうしても女のキモノを男が着てるとしか見えないのだそうだ。そういわれると、たしかに、どこで男と女の区別をつけてるのか、色や柄や帯の結び方のちがいなどをどんなに説明しても、急にはのみこめないらしく、色が渋いのが男といったってお婆さんのものなら女のでも渋いのがある。

けっきょくキモノでは区別がつかないので、顔にお化粧してるかしてないか、なんてところでやっとオスとメスを見分けて安心するらしいのである。するとお化粧しない女の人ならどこで男と間違われるか分からないわけだ。

日本旅館に泊まると必ず出してくれるゆかたや丹前は男女両用で、それを男が着れば男物になり、女が着ると女物になってしまう、それで別に何のさしつかえも起こらないというまさにモノセックスな性格が、キモノにはあったわけだ。

柄だって男物は渋いものとばかり決めつけてしまうのは間違いで、ある歌手の舞台姿などはびっくりするような大柄があり、それでもそれほどはオカシくもないのが不思議だけれど、歌舞伎や市川右太衛門の時代劇などでも大柄のヒドく派手な男物を見たことがある。能衣装など見ると、これがはたして和服かと目を疑うくらいのけんらん豪華なのもあり、日本民族が現代生活でこれらを全部捨ててしまったのがまことに惜しいと悔やまれるような気持になることがある。

しかしどんなにハデハデのようでも、全体の雰囲気では「シブイ」「エレガント」といえるような気品がどこかにあって、日本の古い生活文化のこんなところには、今さらのように惚れぼれとしてしまうのである。

とくに西洋人のタキシードなどと同席するような場合に、私は、和服でそれに対抗するしかない、といつも思うくらいだ。彼らと同じ西洋のフォーマル・ウエアを着て並んだときの、あのバツの悪さ。顔は笑っていても心で泣いて……というのが私の心情なのだ。

こんなわれわれの男らしさの貧しさは、洋服を脱ぎ、和服を着たとたんに、たちまち欠点が長所に変じ、少し女性的で弱々しいが上品で優しい新しい男性像がそこに現われるわけだ。

ある日この弱々しい男のイメージがすっかり気に入って、これこそ新しい時代のキャンペーンではないかと、声を張りあげていってみたのが、すなわち「モノセックス・ファッション」なのであった。それはもう十年以上も前だろう。ところが間もなくヨーロッパのほうでは逆の方向からやはり男女無差別へのアプローチがあった。つまり男を弱くする私のやり方とは正反対に、男はそのままで、いきなり女を強くする方法だ。女が女の服を捨ててあらゆる男の服を着はじめたのだ。サン・ローランのパンタロン・タイユールなどは、男のビジネス・スーツとまったく変わらないので、われわれは、彼女と彼をその化粧などで見分けるしかなかったほどである。

それから五年くらいたち、私は、男らしさの基本スタイルとしての「ズボン」というものをはぎとり、そこにキモノ式の優しいスタイルを与えた。「スカート族」というわけで、同じころパリのジャック・エステレルも私と同じようなオート・クチュールを発表した。人間てどこにいても似たりよったりなことを考えるものだナと思ったことがある。服装デザイナーなんて、一方で単に洋服屋さんみたいな顔をしながら、そんないいたいことをいってもけっこう通用するような、かなり楽しい商売でもあるわけだ。

キモノは天才的な柄あわせ感覚のルーツ

洋服デザインがその柄やプリントをいつも持て余してる感じ、というのは、よく分かるのである。布地メーカーの新柄プリントものを、どうにか新しい立体造型にまとめようとすると、それがどうしても余計ものになってしまうらしい。ことに彫刻的な立体造型を得意とするデザイナーがプリントに弱い。プリントなんかないほうが純粋に立体を引き立てるからだ。

だからプリントは、むしろ立体的にはどうということもない安物の服を少しでも複雑らしくしてみせるのに役立つ。つまりデザインのない服にこそ、プリントは生きるのである。

デザインのない服ということになったら、和服くらいデザインのない服も珍しいくらいで、だから和服のデザインといったら柄だけがすべてといってもいいほどなのだろう。

　全身の線にそってじかに巻きついた布は、身体が少しでも動いたり曲がったりすると、とたんに布がよじれたり引っぱられたりするわけで、そのシワシワや突っぱりの変化は、つまり身体そのものの線の「ありか」を物語るわけだ。シワシワの移動は肉体の動きにしたがって絶えず変化し続けるのだから、もしそこに花が描かれていると、花が肉体の動きにしたがって、開いたりしぼんだりする。模様がいっそう人の動きを誇張するからで、和服で柄が重要なのはそういうわけだ。決してえもんかけにぶら下げて絵のように鑑賞するためでないことはもちろんである。だから新作発表会で静物として見ていい柄だと思ったものが、着てみるとちっともよくないということも多いのである。

　花といったが、キモノの柄には古典的な山水花鳥からジオメトリックな抽象模様まで、具象と非具象をとりまぜて変化の多いのにはまことに驚くばかりだ。

　それが絵画になると具象芸術と抽象芸術との区別や認識もつかない人が、キモノとなるとなんのこだわりもなくそれらを「いい柄ネ」「悪い柄ネ」のひとことで、実に簡単に片づけてしまう。キモノの柄で、抽象はムズかしくて分からないなんていってる婦人を、私はまだ聞いたことがない。あんなに美の判断の正確な人が、絵の展覧会で抽象芸術を前にすると、どうして急に分からなくなってしまうのか。そのほうがほんとにワカラナイのである。

柄合わせというか、日本婦人の優れたセンスで驚くことは、きもの、帯、羽織、そのほかたくさんの小物との、まことに複雑な柄合わせの感覚が、誰でも皆一流で、決してそれらを抽象か具象で統一しようとか、同系色の濃淡に合わせようなんていう、ちんぷんな洋服的常識などをはるかに超越して、鋭く、八方破れの統一感覚を持ちあわせていることである。それがすべての日本の婦人にそなわっているらしいことだ。

もっともこの日本独自の柄の遊びに、パリのウンガロが目をつけ、いま大いに試みている。ウンガロのメゾンにはアンリ・バゴエル氏がいたことがあり、彼こそ松本弘子さんの夫なのだから、きっとそんなところから日本美へアプローチしたのではないかと思った。

たとえば花柄と幾何学模様とが一つのスタイルの中で平気で使われてしまう、というようなことは、それまで洋服ではタブーだったのだ。それがかなりしつっこくあらゆる部分で繰り返し使われているうちに、だんだんその不思議さに酔ってくるのである。ウンガロの人気が急に上がった。

日本でだったら、そのようなことは昔から百姓のオバさんだって平気でやっていることだった。

10　男らしさ、女らしさの嘘

男と女はフィフティ・フィフティ

新聞の「声」欄のようなところは、世間の常識がどんなものかを知るのに、とてもいい参考になるのだが、とんでもない常識がのっかっていたりしてびっくりすることがあるのだ。

たぶんあるサラリーマンの投書だったのだと思う。ラッシュにもまれて通勤する彼は毎朝プラットホームで新聞を買う。「……今度新聞売り子が別の人に代わったが、前とちがってとても無愛想である。毎朝、彼女の無愛想な顔にぶつかると一日ユーウツになりそうだ。もしちょっとした笑顔でもあれば、私はそれだけのことで、元気百倍して出勤することができるだろうに！」という主旨だった。なんて勝手なことをいうバカな男がこの世の中にはいるものかと、私はあきれた。こんなバカなことをいうのは日本の男しかいないだろうし、こんなバカな記事をのせる新聞もたぶん日本にしかないだろうと思った。

ちゃんと真面目《まじめ》に朝早くからキオスクに出て新聞を売っているのに、なんでいちいちお客に向かって笑顔まで売らなければならないのか。チップでもくれるというなら話は別だけれど、彼はたぶんタダで笑顔をもらうつもりだろう。いつも「女は愛嬌」がタダであたりまえの日本だからだ。男の売り子だったら、このような投書もなかっただろう。だいたい日本の店の女の子たちは客にタダで笑顔を見せすぎる。笑顔より品物を買いにきた私は、きっと笑顔の分だけ高くついているのではないかと不安になってしまうほどだ。

　品物がほしくて買いにきた客とそれを売ってもうける店とは、おたがいがフィフティ・フィフティの立場なのだから、もしどちらかがよけいな媚《こび》を売るようだったら何かが怪しいとニランで間違いはないと思う。売り子はあらん限り相手のほしいものに近づくように努力しさえすればいいのであって、笑ってごまかしてはいけないのである。むしろ「笑う」どころではないはずなのだ。だからほしいものをみつけてもらった客が喜んで、思わず「ありがとう」といい、売り子のほうが「どういたしまして」というほうが当然ではないか？　外国ではしばしばそんな客と店とのやりとりに接するが、なぜか日本では客のほうから「ありがとう」とはいわず、一方的に売り子だけが「ありがとうございました」と大きく叫び続けるようである。

だから「もし外国に行って店に入ったとき、よけいな愛想笑いをするのがいたら絶対に買わずに出てきなさい」と忠告するのである。私の今までの経験によれば、これはほとんど正しいのだ。インチキなものをバカ高く売りつけられたのも知らずに、喜んで買い物あさりばかりやってる日本の観光客が、少なくともあちらのお店から大歓迎を受けるのは当然で、日本流に「アリガトウゴザイマス」なんて、こぼれんばかりの笑顔でカタコトの日本語を後ろから浴びせるような店は、必ずインチキと見て間違いはない。

ちゃんとしたものを適正なネダンで売ってくれるいいお店の人なら、どんな客にも決して愛想笑いなどはしないものである。日本のように駅のキオスクの女にも愛想笑いを要求するのが当然……といった変態男の国から出かけていくと、このへんの呼吸が分からないでしまうのだろう。

会津若松の方言で「ビテ」という女の悪口がある。「あの女が」という意味で「あのビテが」といい、ときに「あのバカな女が」という意味で使われたりもするのだ。ビテとは漢字で書くと「媚態」で、そのつまった発音なのである。はじめはきっと男に依存するために男をひきつける美しい女のことをいい表わしたものだったのだろう。

媚態というのは女だけの特性ではなくて、犬や猫のようにやはり依存でしか生きられない家畜やペットが、その主人に示すゼスチュアだったのである。そういうふうにすると必ず人間の主人が喜ぶようなある型が、いつの間にか集大成し、パターン化したのだと思う。だから媚態の表現は人間的というよりはむしろ動物的なのである。つまり犬が尻尾《しっぽ》をふり、猫が猫なで声ですり寄ってくるのと大差のないものなのだ。

幸いなことにさすがに近ごろはこんな動物的な媚態を示す女たちはいなくなったが、芸能人などにはときどきその名残《なごり》が見られる。これはプロの仕事のうちだから許されるだろう。私はキライだが、プロがやるほどだから、きっとキライなのは少数派で、好きな男がまだたくさんいるにちがいない。

そういえば近ごろでは会津でもよほど田舎の百姓でもないと、そして年寄りでもないと、「あのビテが……」なんてセリフはほとんどきかれなくなった。

むしろ西洋の女たちのほうがいまだに独特なマンネリズムの媚態を示し続けて

いる。男たちがそれを見てシビれるという、男と女の古い秩序は、西洋のほうが日本などよりずっと強烈に残っていて、それだけレディ・ファーストという概念の近代化が日本より早かったから、そしてそれだけ男と女の秩序の歴史が古かったからということなのだろう。父なる神の下の女の不平等は、日本などよりもずっと温存されている。あのレディ・ファーストなんかを眺めながら「オヤ？」と今さらのように思うことがしょっちゅうだ。

少し古いが、あのマリリン・モンローの媚態はどうだ。いつも判で押したような同じしぐさ、まるで男の前で犬が尻尾をふってるのと何も変わらないポーズだ。そのたびに男たちがみなグッとくるのだとすると、男と女の関係なんてなんと愚かなサル芝居ではないかという気がしてくる。

「星の王子さま」ふう男の中味

中学に入ったらとたんに私は軟派のレッテルを貼られた。男らしい男のほうが世間に通りがいいことは十分分かっていたのだが、強い男というイメージが気に食わなかった。なぜなら彼らはまず腕っぷしばかり強くて粗野でうす汚い硬派だったということ……。成績が悪いというよりは頭まで堅いから話しても面白い相手ではないということがあった。

だから自分で選んだわけでもないのに、軟派は軟派同士で話したり遊んだりするようになっていった。みな腕力がなく、女の腐ったみたいなヘナヘナ野郎ばかりだった。しかしそれほどの劣等感に陥ることもなかったのは、私たちだけの特別な遊び、つまり軟派遊びのことだが、それがある面では硬派も羨む派手なものであったからだろう。仲間には詩人あり、文学青年あり、私のような画家の卵もいて、女学生にも硬派よりは私たちのほうがずっとモテたのである。

「女にもてるのに、何も腕力ばかり強くたってしょうがない」という自信はそのころからすでに持っていたわけだ。思い出してみて今といちばん違うのは、まわりに音楽青年というのが一人もいなかったことだが、それは時代のせいなのか、それとも会津若松という風土のせいだったのか。

硬派の中にはわれわれ軟派に向かってこっそりおべっかを使うのもいた。仲間に入れてもらえれば、たまには女の子でもまわしてもらえると思ったのかもしれない。私は私であの当時から、「人生は軟派のほうが有利」だとふんでいた。硬派だって全然もてないわけではないし、そのほうが男らしくていいという女だってたしかにいるが、それは案外に少ないと感じた。どっちかというと、女のコってやはり「星の王子さま」のほうがいいのである。

それで、星の王子さまふうに上品でかわいくてちょっとバタ臭い男の子だったら、当時の女学生にモテないはずはないとふんだのが大当たりだった。スケベエらしいことを絶対いわないのもコツで、ホンネはいつも大事にしまっておく……。大人も先生も女のコも誰一人、私をスケベエだなんては思わなかったろう。しかしそれは事実に反する。私くらい小さいときからドがつくスケベエはいなかったと思う。

たとえば、女学生たちの中に好きなコをみつける。それは、別に仲良くなりたいとか、話がしてみたいなんて、そんななまやさしいことではなくて、ホンネではものすごい妄想を抱いて苦しんでいる。幻想でも実際でも女の尻をひそかに狂人のように追いまわす。何度つけていったかわからないが、ホントは手ひとつ握ったことがなかった。ここいらが、今の早熟な軟派とちがうところだ。だからとても勉強どころではないのだが、勉強をしないと硬派と同じことになりかねない。意地でも少しは勉強しなければならなかったというわけである。

そんなことは百も承知で女のコたちは星の王子さまがいまだに好きなのかもしれないが……。

強い女も弱い男もいるのだから

当時、私などよりはるかに弱々しくキレイで天才的な詩人の軟派少年がいた。天才的に数学ができなくて落第をして私のクラスに来たのである。私は彼に数学を教えてやりたい一心で勉強をし、幾何で百点もとったりした。そうしているうちに、あれだけ追いまわしていた女学生への妄想がいつの間にか私の心からすっぽり抜けてしまっていた。彼は、そこらへんの女の子などよりははるかに美しい少年だったのだ。そこにはたしかに「美しい人」というものがあって、これは女でも男でもない無性のものなんだと、そのときに思ったりした。

「女は弱く男は強し」または「男より女は弱い」などという教えをなんとなく信

じこんでいるうちに、私は「女よりも弱い」または「女よりも美しい」という性をいったいどう呼んだらいいのか分からなくなってきた。

つまり「女より弱い男」も「女より美しい男」もまわりには掃いて捨てるほどいるわけだ。ただ不思議なことに、みんな気がつかないでいる。

「女が美しい」というのも「女が弱い」というのも、すべては大嘘だったというのが分かったとき、私はやっと男女の差別が間違いだったと理解できたのである。男よりも強い女、女よりも弱い男も世の中には数えきれないくらいいたくさんいて、それでも男はすべて強く、女はすべて弱しといいきったらそれは大嘘つきになってしまうだろう。大嘘は絶対にいけないのである。今後はもう二度と、「女は男よりも弱い」とか、「女は男よりもかけ足が遅い」とか、知ったかぶりしていうのをよそう。

オリンピックの女の記録ほども走れない私は、そしてその他の多くの男性もその女よりずっと遅いにちがいないが、それではもう男性ではなくなるというのだろうか。私よりもかけ足の速い女がいくらいたって別に私はかまわないが、それは少しも男女差ではなく、単なる個人差でしかないわけだ。すべて「女は」とか

「男は」とかいって切り出していったら、それは必ず人格（パーソナリティ）を無視した大嘘か間違いになってしまうということなのだ。「ユダヤ人は……」も「朝鮮人は……」も、そして「黒人は……」も「白人は……」も同じことで、人間一人ひとりがみんなちがうのだから、白人全体と黒人全体が十把ひとからげで論じられたら、具体的な一人の人については必ず大間違いを起こすことになる。

差別がいけないのは、それが必ず間違いだからである。差別は倫理や道徳の間違いではなしに、事実の間違いだからいけないということなのだ。たとえば次の通り。

「女はバカだ」……必ず私よりリコウな女が多いから嘘になる。

「ユダヤ人はケチだ」……私のほうがもっとケチ。

「朝鮮人は信用できない」……私のほうがずっと……。

「黒人は脚が長い」……私より短い黒人もいる。

「白人は色が白い」……日本人より黒いのがいっぱいいる。

つまりみんな大嘘で事実として正しくない。

人間一人ひとりの個性や人格をどうしても無視してしまうこのような十把ひと

からげの論じ方がいけないのは子供でも分かるはずなのに、大人が知ったかぶりのギロンをすると必ずこういったことになるのはなぜだろう。人間を論じたいのだったら、全体ではなく、十把ひとからげではなしに、面倒でも一人ひとりを論じなければならないだろう。一人ひとりのパーソナリティだけが常に存在のすべてなのである。

性差などよりも一人ひとりのちがいの中にこそ、その人だけが持つ美しさや楽しさがあって、それこそが私たちの心を奪うのである。他人を愛さないではいられないものの、それがすべてではないだろうか。パーソナリティに基づく友情こそが人生のかけがえのないごちそうなのである。

愛したあとにやっと性別に気づいたとしたって別に遅すぎるわけでもない。愛は二人だけの喜びをどのようにでも発明していくものなのだ。愛のコミュニケーションは一回一回がいつも新しい発明なのである。

「キャリア・ウーマン」より「オールド・ミス」

ビジネスマンというのなら一方にビジネスガールがあったってよさそうなものを、それがいけないからと、急に「オフィス・レディ」だなんて……、それが私にはカチンときたのだ。レディなんて言葉はつまり「レディ・ファースト」のレディではないか。いつもジェントルマンと対になってのそれは、常に男を強く優しく、女を弱く淑《しと》やかにという古い鋳型《いがた》にはめこんだ張本人のようなものだ。だからレディこそ差別用語の筆頭にあげるべきものなのを、なんで「オフィス・レディ」なんて舌を噛みそうなふうにいい直さなければならないのかと思ったわけだ。「オフィス・レディ」がさすがにいいにくいものだから「オー・エル」に変わり、そうするとたんにレディのイメージは消滅した。

しかし「オー・エル」だなんてはとても私の口からは出てこない。まじめに仕事にとり組んでる人間に向かっていえる言葉ではないように思うからだ。

ＯＬがいつの間にか「キャリア・ウーマン」といわれ始めたが、たしかに「オー・エル」よりはいくらかましかもしれない。経験を積んだ女とかなんとかの内容はともかくとして、われわれはなぜこうも女の呼び名にこだわるのか。

はたしてこだわっているのは女のほうなのか、それとも男のほうか。ガールからレディにそしてウーマンに、少しずつ女が大人にされていくのはよく分かるのだが、いっそウーマンもマンもない世の中に早くなってくれないと困るのである。そんな英語の呼び名よりももっと気になるのが、女性の名前の下に「子」をつける日本名のことだ。どんなに老人になっても女性は永遠に子供というのはなんたってオカしいのである。

さらにおかしいのは、結婚すると女が嬉々として男の姓に変わることだ。ムコ入りにすれば反対にはなるのだけれど、今までの自分の名前をそんなに変えたがる気持が私には理解できない。どうせ変えるのなら、結婚のときではなく、いっそ、女も男もやっと親への依存から抜け出し、独立した個人として具体的に社会へ一歩足をふみ出したとき、いわば成人式にでもそれぞれが役場でやったらどうだろう。

唯一の人間の条件としての独立や自由という思想が西洋社会ほど尊重されない

のは、子供の側からばかりではなく、いっそう親の側からもそうらしいのである。

そういえば、故小津安二郎は、いい年をしていつまでもかわいらしく親に甘えてる大人と、甘えられることに何よりも喜びを感じる大人との、この大人同士の奇妙な馴《な》れ合いの悲喜劇を絶妙なタッチでたくさん描き残している。

原節子演じるところの淑《しと》やかで美しい中流のお嬢さんは、いつもどっぷりと親子の細やかな情愛に浸っていて、まだ人間としての真の孤独をちっとも知らないでいる。というよりはそれを何よりも恐れているらしいのである。それでやや婚期を逸しながら青春の激しい恋愛なんて味わったことがない様子……。

しかしそれもたいていは二十五歳くらいまでが限度で、今までのかわいい美しいお嬢さんは、いつのまにやら「オールド・ミス」の悲哀に包まれていく。これは女の人生が男との結婚でしか成り立たなかった時代のごく一般的なドラマだった。

「オールド・ミス」という言葉が差別用語だといって今ではあまり使われないが、私はこの懐しい呼び名がとても好きだ。自立した女が社会に向かってぐっと居直って、誇り高く自らをそう呼ぶとしたら、とてもいいと思う。

あなたの肉体はほんとうにフリーか

女らしくも男らしくもない、ただの人間らしい男や女とは、いったいどんな人なのか。

たまたま「女として……」なんていう女のセリフを聞くたびに、自分が女であることをしょっちゅう意識するなんて、なんとかわいそうな……と思うのは、かつて私は一度も自分が男だなんてことを思ったことがないからだろう。自分も人間だとは思ったことがある。しかし男だとはとくに考える必要もなかった。「オレも人間だ」なんて思うときは、自分が必ず人間としてあるまじき条件に置かれたイヤなときに限るわけで、つまりかわいそうなときにしか、とくに「人間だ」なんては考えないものなのだ。ましてや「オレは男だ」なんて強がる理由も男を意識する必要も私の過去には全然なかったのだから、私はたぶん男としてはたいへん恵まれた環境にいたのかもしれない。

それに反して、女性は絶えず自分自身に「女」であることをいいきかせ、少しでも「女らしく」あることを命じていなければならなかった。いっときでもそれを忘れたら、きっとこの世の中が生きにくかったのだろうと思う。そこが私とはだいぶちがうところだ。

それで「女が女であることをすっかり忘れてもかまわないような、ノンキな世の中にしなければならない」と、世界中で急に女たちが騒ぎ出したとしても、それは少し遅すぎたくらいだと私は思っている。男だろうが女だろうがおかまいなしに、ただ人間としてノンキに付きあえるような世の中にするのは、私はもともと大賛成だからだ。

人間一人ひとりみんなちがう個性があり、そこが人間の魅力なのだ。穴のある人もない人もいる。反対にある部分が出っぱってるのもいる。みんな個性のうちだから、愛しあってるうちにもし穴をみつけたら、出っぱってるところをそこに入れさせてもらったらいいし、なかったらないで出っぱってる同士が抱きあってもいい。なにも人と愛しあうのに「こうでなければならない」なんて決まった形などないのである。おたがいが少しでも気持よくなるように、いろんな工夫をしあうのが愛であり、友情だ。男と女のセックスだってしょせんは友情の一種なのだ。たくさんの中から好きなタイプを選ぶのが友情の始まりだが、とくに穴のある人ばかりを選ぶ趣味もあるだろうし、出っぱってる人ばかりを追いかける趣味もある。なかには出っぱってるかへこんでるかは二の次で、細くて手足の長い人間が何より好きという私みたいな変わったのもいる。個人の趣味の自由は何人も批判することができないのである。それは差別とはちがうのだ。

同じ友情のコミュニケーションといっても、それが肉体のことになると、とたんに習慣、法律、道徳などいろんな社会的制約を受けなければならない。精神上のコミュニケーションならたぶん無制限に自由なのに、なぜ肉体のそれは自由ではないのか。

肉体はやはり精神に比べるとそれだけモノに近いから、人の所有や独占などがからんで、自由からは外れてしまうのだろうか。そうすると、肉体は自分の肉体であるにもかかわらず、自由とは限らないことになる。自分の中に自由でないものが同居することになり、それはまことに困ったことだ。

精神と同じように肉体も解放し、自由にするにはどうしたらいいか。肉体がその精神と同じようにどこにも属さず、どこにも依存しない自立独立の肉体であることが要請されるだろう。「〇〇の妻です」だの「〇〇の娘です」なんてことのないようにである。それは「〇〇の社員です」なんてすぐにいいたがる男の場合だって同じことだ。

むしろ女が「美しい男」をもとめる時代

「美しい女」なんていう言葉を女性雑誌などでは目にタコができるほどたくさん見るだろう。あまり多いので見過ごしてしまうが、そこでちょっと立ち止まって考えてみると、「美しい女」とはいったい何のことなのかさっぱり分からなくなってしまうのである。

まず「美しい女」ってホントにいるのかいないのか。いるならいったい誰のことか。具体的に名指しでそういえるような人がこの世に存在するのかどうか。たとえばマリリン・モンローかオードリー・ヘップバーンか。それともグレタ・ガルボ？　いやミロのヴィーナスなら誰も文句はあるまい！　なんて……。

「ミロのヴィーナスだって？　あれが美人？　とんでもない。今もしアレがホントに出て来たらオレは間違いなく逃げる。あんなデブで大柄の人なんかとてもコワくって！」とは私のセリフ。

つまり誰もが認める「美しい女」なんて、古今東西を通じて一人もいない、まるで嘘っ八の言葉だったと気づくのである。

「美しい女」が嘘っ八なら「美しい風景」とか「美しい自然」とかいう言葉はいったいどうだろう？　これだってまったく実在しないのには変わりなく、日本三景の一つ、宮城県の松島を見ても、ちっとも美しいとは感動しなかった二十二歳の好青年を私は知っている。

そういえば、ここが絶対に美しい自然だとか、美しい景色だなんてものは、もともとありえないのであった。ある人には美しくても、ある人には美しくもなんともないのが本当なのだから。それでは「美しい女」も「美しい自然」もすべては幻にすぎないということか。

残念ながらそういわざるをえないだろう。

幻はそれを見る人の中にだけ実在するのだから、それを見る能力がない人には「美」は存在しないといっても過言ではないであろう。

「美しい女」や「美しい風景」がこの世に実在するのではなしに、ある女やある風景について美しいと感じることのできる人間がいる、ということにすぎないのだ。

もし「マリリン・モンローが美しい」とその人がいうならば、それは決してマリリン・モンローが美しかったわけでもなんでもなくて、マリリン・モンローを美しいと感じた自分自身の心について語らなければならないだろう。

美は心の中にしかないのである。だから私が美しい女を語るなら、つまりは私自身の心の中を語ることになってしまう。

それは私がある風景を描くときにまったく似ていると思う。私がどんなに「この風景が美しい」と叫んでも、「ここ、キレイだからいっしょに描けよ」なんて私がいったとしても、たいていの仲間はそこから消えてしまう。そこがはたして美しいかどうかは私の言葉ではなしに、たぶん私の描き上げた作品によってのみ決定されるであろう。

私がその風景をどう感じたか、どう美しいと思ったかは、画面だけが説明してくれるからだ。つまり画面というものは決して風景や自然を語るものではなく、常に私自身を語ってるにすぎないからだ。

たしかに「美しい女」はどこにもいないけれど、「女を美しく感じる能力」は、獲得すべきもの、獲得しなければ決して得られないものであることがこれが分かるのである。

それは風景を美しく感じる能力が、決して自然に備わったものでもなんでもなく、たとえばそれを絵に描くといった表現能力と常に不可分であるのと同じなのである。

だから「美しい女」とは、正確には女をちっとも讃美するのではなしに、女を美しいと思う男の能力のほうを常に讃美しているのである。それはいい気になった男の自惚《うぬぼ》れといっても過言ではない。

もし「美しい男」という言葉が、ちょうど「美しい女」のように女たちによってしばしば使われるようになったら素晴らしいことだと思うが、男を美しいと感じる能力は、女性の間にはまだそれほどに育っていないと思う。

「男はキレイでなんかなくても、心が優しくて、誠実で、やはり強い人がいい」なんていう女のセリフ、まだちっとも古くなっていないのではなかろうか。

女が「美しい」とただ鑑賞されるだけの客体であってはならず、女も男の美しさを求める主体とならなければならない。この平凡なリクツが現実社会では成立困難であり、実際にはなかなか生きてこないのである。

しかしちょっと前の日本と比べたら、女が男性美を金で買うような勇ましい傾向が出てきたのも事実だ。

昔なら男が美しい芸者を金で買ったように、今では若い女の子たちがロック歌手などにまるで男芸者でも買ってるように熱中しているではないか！　それが多くはまだ集団でしか買えないところがとても悲しいけれど、買ってる内容が華麗な男性美であることに間違いはないのだから、やがて彼女たちも自由に自分の「美しい男」を創りあげてゆくようになると思う。

11　老いる優しさ、美しさ

老いることは自由になること

私は六十四歳になったが、しばしば困ることがある。それは、老人という自覚がなかなかつかめないことだ。自分の姿かっこうがすぐには見えないからかもしれないが、「六十四歳はもうすっかり老人である」という世間の常識と、当人はいつも闘っていなければならない。きっと七十歳くらいになったら自分は老人であると素直に思えるのかもしれないが……。

自分はまだ若者の代表のつもりで、さかんに大人の悪口などいってたのも、ついこないだまでのことだったし、それでもいつかは少し反省して、「オレタチ中年は……」なんていったら、「先生はもう中年じゃないでしょ。五十過ぎたら立派に老年じゃないですか」とドキリとさせる。

「じゃ、中年ていくつまでくらい？」

「三十五、六かしら？　四十はもう初老ね」

「じゃ、五十五のオレなんかとっくに老年じゃないの？」

なんてびっくりしたものだ。女性なら更年期とかいう生理上の変化があって、老年の入口にさしかかるのだろうかという自覚なども否応なしにできるのだろうが、男の六十四歳は、このようにある日他人に教えてもらわないと、自分が老人だなんてはなかなか思えないでしまう。

二十歳のころと心も肉体もほとんど違わないとノンキに構え、あえて反省することもないのだ。二十歳のころの自分をそんなによく覚えてるわけではないし、ちゃんと比較してみるのなんか面倒くさい、ということでもあろう。

たしかに鏡に映した顔にめっきりシワがふえ、白髪もふえ、ひたいも抜けあがってはいるが、幸いにけっこうそれがカッコいいからだ。

しかも若いころより最近のほうがずっとセクシーになったなんて、三十年前の写真と見比べていう人がいる。しかしそれだって一種の老人扱いであり、こうしてみんなに老人扱いをうけているうちに、やがて急にみっともなく救いようもなくガタガタっとすべての崩れるときがくる……間違いなく。しかしそれを心配して何になる？　人はどんなに心配してもしなくても必ず死ぬ。それなら心配しないことだ。

そういえば私は子供から大人になったときも、あまり大人になったという自覚が湧かないノンキ坊だった。それでしばらくの間困ったのを覚えている。私はどうも自分の成長や衰えなどの進行と変化には鈍感なところがあったようだ。

もう三十歳になろうとしているのに、自分よりずっと若い兵隊を見るとみな年上に思ったり、若いとき自分が大学の制服を着なかったせいだろうか、黒いツメ襟の学生に向かって、うっかり敬語を使ったりした。

そのころ、年寄りというのはセックスなんかすっかり感じなくなる、ひどくさっぱりした境地のことをいうのかと、一時はそれに憧れのようなものを持ったことさえあるのだが、六十四歳になってもそれがちっともさっぱりなどしていない。それどころか、ますます欲望が激しくなり、きっと私は異常ではないか？　という不安……これも、目下のところ世間の常識との大きな闘いだ。

それでもやっと最近、つくづくと自分の老年を感じてしまうのは、一メートル八十センチを越すような二十歳前後の若い青年なんかと立って向きあったときだ。私だって昔はノッポなんていわれたのにこうも明らかに十センチくらいの差がついてしまっては、やむをえず時代の移り変わりを実感しないわけにいかないだろう。心の中でムラムラして「チクショー」なんていってしまう。私がもっと遅く生まれればよかったと思うのはこんなときだけで、あとのことではべつに羨むこともない。

だいたい私には若者を羨んだり、憧れたりする気持が薄い。きっと自分の青春が美しかったとも素晴らしかったとも思えないからだと思う。もう一度若返ったらずっといい青春をやり直すだろうが、同じ青春を繰り返したいなんては絶対に思わない。これはどうも私ばかりではないようで、友人と語ってみても、若さというのはひとことでいうと共通して「みじめ」だった。青春はただ大人になるための準備の期間で、将来の希望だけの、あの中途半端な人生の状態がやりきれなかった。真の友情も恋愛もないから、生きてることの実感を味わってる余裕などありはしない。あるのは、それなりに満たそうとする感傷だけで、あの若さの貧しさや飢えに、私はいったいどうして耐えられたのだろうか?

貧困、失恋、粗食、ケチ、自惚《うぬぼ》れ、つっぱり、虚勢、臆病、未熟、それらの総まとめだった私の青春なのに、よくもアイソもつかさずそこを通りすぎたものだと、われながらその我慢強さには感心してしまう。

いったい「若い者は自由だ」なんて、いつ誰がいいだしたのだろうか。誰だって自分の過去の青春が自由でよかったなんて一度も感じたことがないくせに……。野心にしばられ、エゴイストで、今よりはずっと他人に思いやりがなく、カセギも少ないのだから何がほしくても買えもしないし、若さの自由なんてただの絵にかいた餅でしかなかったのだ。

やがてそんな若さの野心やつっぱりからも解放されて、多少でも人間らしい自由の境地が得られたのは、ずっと後年のいわゆる大人になってから……。その大人もっと老人になってからといったほうが本当だろう。

老人になったことでの肉体的条件のマイナス面も、経験の長さでずっと上手になったオシャレでカヴァーできる。何ものにも束縛されない自由闊達《かったつ》なオシャレができるという点では老人に勝るものはない。つまり、若者よりはお金もあって、自由な生活空間がずっとずっと拡大されるからだ。中年や初老ではまだ仕事第一の時代で、それらの煩雑さに追い回されていて、とてもおシャレどころではないだろう。ある面では若者よりもっと不自由だろう。

「早く定年退職して、あとはゆっくりと自由な人生を楽しもう」と願うはずだが、どうもこれが反対らしくて、自由などよりは仕事のほうが好きという日本男子が大部分らしい。

彼らは「自由」というものにまだそれほどは馴《な》れ親しんでいないらしい。たしかにわれわれは自由の歴史がひどく浅いからともいえるが、それよりも西洋人のように仕事と個人的自由とを峻別《しゅんべつ》するという習慣がないからだ。仕事が終わってからも仕事仲間と連れ立って飲んだり遊んだりするほどだ。仕事の中に個人的趣味の自由までが重なっているのであって、だから仕事が趣味だなんて誤解されるのである。必ずしも仕事そのものを愛しているというのではないけれど、それはずばり仕事仲間と一所懸命に付き合うある種の趣味なのであって、この付き合いがはたして自分の個人的自由のどこにどう関わっているのかを分析するのはかなりムズかしい。

ということはいったん退職して職場を離れると、とたんに個人的自由までも失うことになるわけで、それで急にガックリくるのだ。その点ふだんからビジネスと自由な個人生活のけじめをはっきりつけていた西洋人たちのほうが、老後への期待はずっと楽しいものとなろう。たとえば職場とは関係のない個人的付き合いの友人のほうがずっと多いわけだから、仕事をやめてヒマが多くなったら、それだけ交際の量も質もぐっと広がってゆくわけだ。しかもそのころ子供は独立して、ほかに金の使い道がないとすれば、少しでもハデに付き合うしかないだろう。老後の新しい恋愛はそれだけの経済と自由な時間とに裏づけされて、若いころとは比較にならぬほどエレガントなものとならざるをえないだろう。自分が一生働いて得たお金なら、死ぬまでの間に十分に使いはたして、うまく死にたいからである。

日本の老人だって自由と平和の歴史がもっと続けば必ず西洋ふうになるわけで、若いあなた方は今からそのつもりになっていたほうがいい。

老女と少年の、恋

さて、最後には老人の恋愛についてである。恋愛という個人の趣味の問題にあれこれおせっかいな口をきく気持は毛頭ないのだが、老人となるとやはりそこには共通の問題がありうるわけで、その成功率を高めるにはどうしたらいいか？

などなど……。

自分では避けようもない老醜を意識しすぎて自信を失い、ますます自閉的に落ちこんでしまったらおしまいである。広い世の中には老人が好きだという人はごまんといる。老人でなければイヤという若者もいるのをご存知ないらしい。老人は老人同士で求めあってもダメである。それこそ老醜が衝突するだけだが、老人と子供なら求めあうものが実にうまくかみあうだろう。老人は自信を持って青少年を誘惑することだ。それは異性と同性を問わずに成功率が高いのである。

私は少年のころ、たぶん父親にいっしょに連れていかれた田舎《いなか》の待合で、若い子などよりも年寄りの芸者にひどく惚《ほ》れた。年増《としま》芸者の痩《や》せこけたその小さな肩と平べったい胸……キモノの衿《えり》をぐずぐず抜いてひっかけたような独特の着こなし……。あのイロッぽさを見ると少年の肉体が異常に燃え立った。田舎の少年の言葉でいうと、ずばり「やりたい」と思い悩んだのだ。まだ十二、三の少年の私には、お金を払って……までは知恵がまわらず、どうすることもできなかったが、もしあのときに望みがかなっていたら、私のその後の人生はすっかり変わったものとなったはずだ。あのセクシーな年寄り芸者によって私の運命を変えてほしか

った と思う。

少年少女への老人の愛は必ず優しい老練なものだ。単純で無知で一本調子の少年を導くのはこんな老人に限るのである。それは必ず少年にも反映していき、恋愛の結果は意外と静かで、落ち着いた少年が仕上がってゆくものなのだ。少なくともここからサド・マゾは出てこないであろう。

その老女の美しさはひとことでいえば骨の美しさであった。肉体のあらゆる関節は、鋭い骨のとんがりで薄皮がやぶけそうに突っぱり、その部分がまるで乾いたように光っていた。そんな深い鎖骨の輝きをまだ覚えている。細い平べったい手首と、その筋の鋭さが、そのまま指の先端までつながっていくと、そこに長いキレイなピンクの爪があった。爪は短く切られてもなお長かったので、そんな爪を持つ指の長さが、いつもまるでヘビのように私の目の前に迫ってくる……私の妄想であった。

もしすべての少年がうんと早いうちから美しいおばあちゃんたちによって男にされていたら、日本中の少年にとって何よりの福音ではないだろうか？　少年のあの性の苦しみを十分の一にも百分の一にも軽減することができる。

老人はセックスだけでなく、自分の長い生涯のあらゆる蓄積を惜しみなく少年に与えなければならないだろう。それらを惜しみなく奪うのは少年の愛だけなのである。

個人差もあるが女性なら男性よりも十年は若いから、七十代までは少年の誘惑もかなり成功率があると思う。清潔なイロッぽさをいつまでも失わないように、ますます磨きをかけていくつもりなら、八十代にかかっても可能かもしれない。

もっとも八十代になったらヒフの衰えをカヴァーするための絢爛《けんらん》豪華さみたいなものも、エレガンスのほかにある程度は取り入れなければならないだろう。少女などよりもずっとスマートな脚線美のおばあちゃん、おなかもおっぱいもぺしゃんこなスリムの美しさは、ボインの女性では絶対にうけつけない絢爛豪華さがぴったりはまるのである。そこで初めてシャネルやマダム・グレの服が着られるようになるわけだ。若いころだと服に負けてしまうのが、年をとるとなぜかそうでなくなるのである。

シャネルの金ピカのジャラジャラがよく似あうおばあちゃんが、日本にもっともっとふえてくれないかナァ……。

　そしてある日突然、老人は美しい少年を抱いたまま死ぬ……。それが理想だと思う。

あとがき

自分は絵描きでしかない……と思ってるところに、畑違いの文章などを頼まれたりすると、ついいい気持になる。それで無責任なことも平気でいって、それが人に少しでも面白いなんていわれると、ますますお調子に乗るわけだ。そんなふうにして、今までいろんなところにいろんな文章を請われるままに書いてきたのである。

それで、それらを集めて本にしたら？　なんていうことをいわれると、それも私を強烈にくすぐった。一冊の本って、そんなに簡単にうまく出来るものかしら？　という不安だけがますます大きくなったのは、改めて古いものを読み返してみて「なんて同じことばかりアチコチに書きまくっていたことか！」と驚いたとき。われながらアキレた。しかも同じことばかりを繰り返すのに、けっこう新鮮な気持でそれがやれたのは、きっと私の天才的健忘症のせいだったろう。

「いっそ全部書き下ろしにしましょうよ」

なんて恐ろしいことを軽くいってのけたのは、草思社の加瀬昌男社長である。それから足かけ二年の苦しい日が過ぎた。その途中では苦しさのあまり「もうやめます」なんて私はひらき直ったりした。この間、もし三村恵子さんの絶妙なサジェスチョンや元気づけがなかったら、この本は出来あがらなかったろう。

「また同じことを書いたら教えてネ」

このセリフを三村さんに何度いったことだろう。恐らく私はこの本の三分の一くらいの分量をバッサリ彼女に切り落としてもらったと思う。さらに、後先かまわず私の書きなぐったものを、面白く読みやすいように構成してもらったのだから、映画ならさしづめ監督が三村さんで私は役者。実は途中で、後先をうまく構成したものを改めて読んでみて、いちばんびっくりしたのは私なのだ。うっかりと「すごく面白いですね」なんていってしまったほどだ。私が本気でやる気を起こしたのはそれからのことで、それは、ついこの前の、今年に入ってからなのである。

それまではファッションについては少しばかり通だったつもり、女についてもある程度は通だったつもり……それらが、原稿を書き続ける中で、自分がいかに何も知らなかったかを思い知らされたのであった。そんなとき女についてのいろいろを三村さんと話しながら、私はこっそり三村さんの中の「女」もだいぶ材料にしてしまった。

そもそもこの本をつくろうというきっかけとなったのは、『私の部屋』に二年連載した「美しい女」というエッセイだった。その中の私のいちばん気に入ったものの二、三篇は少し手直ししてこの中にうまく挿入してもらった。『装苑』に載った「ほんとうのファッション・ショウが見たい」は、すでにその時点でこの本に入れるつもりで書いたのだった。『私の部屋』の木村寛氏、文化出版局の執行雅臣氏、どうもありがとう。

そして、最後には、やはり三村恵子さんに感謝して、どこかで思いきって一人一万五千円くらいのフランス料理でも……と思っている。

（一九八一年初版刊行時）

解説――わが生涯の師

穂積和夫（イラストレーター）

長沢節氏はわたしの生涯の師であった。この人に巡り会ったことがわたしの人生を定める最大の決め手になったと思う。氏などといってはいけない。まさに先生そのものだった。

先生の風貌に接したのは一九五四年の六月、「長沢節スタイル画教室」（後のセツ・モードセミナー）が開講した当日だった。先生三十六歳、わたしは二十三歳。そして一九九九年の六月、先生が突然の事故で急逝されるまで、四五年にわたる長い師弟関係であった。

先生は優れた画家であると同時に、日本に本格的なファッション・イラストレーション（当時はスタイル画といった）という分野を築き上げ、そのための学校を主宰し、後輩の指導にも力を尽くした。この「自由の学校・セツ・モードセミナー」と呼ばれた画塾からは数多くの若い優れたクリエイターたち、すなわちファッション・デザイナー、スタイリスト、イラストレーターたちが輩出し、不毛の日本の教育システムに対する最も挑戦的な教育者としても偉大な功績を残したのである。

そうした数々の事績を踏まえた上で、この人の本質は、世俗を排して生涯を貫き通したリベラリストとしての面目そのものにあるといっていいだろう。通俗的な恋愛関係を否定し、生涯、独身主義を実践した。社会と個人との関わりをはっきりと見定めたその哲学はわれわれ後輩を魅了し、「生きる美学」として教えられたのだった。

先生は三十代のころから著作を通じこうした生きる美学の実践者として、画論やファッション論を通してばかりでなく時代を撃つ論客として、まさに日本を代表する知性の一人として名を成していた。

その頂点を極めたエッセイ集が、一九八一年に書かれたこの『大人の女が美しい』という書き下ろしの名品である。

その内容は、男女の恋愛作法、ファッション、マナー、人との付き合いから、自立した女のインテリアにいたるまで。まさに長沢流感性のエスプリがぎっしりと詰め込まれ、しかもそれが彼の実生活そのものと一つも齟齬《そご》することなく鮮やかにシンクロナイズされているのであった。

「ときには優しく売春も」なんてアブナイ発言も、よく読めば人と人との優しさを語っているのだと納得できるし、そのほかにもちょっと煙に巻かれちゃったかな？　という部分もないではないのだが、ここは彼一流のフィクションだと思えばそれなりに面白いのである。

この本が世に出て十年ほど後に、いわゆるジェンダー論が華やかな話題を投げ、上野千鶴子の『スカートの下の劇場』などが世を賑わした。そのころわたしもメンズファッションにかかわる一家言を本にしたが、『大人の男こそおしゃれが似合う』という、まるで師匠の本からまるまるパクったタイトルだったことが、いまさらのように恥ずかしい。

戦後派のわたしは、先生からパリ風のエスプリを学びながら、絵でもファッションでもアメリカの影響を強く受けた作風で門下生のなかでは一、二を争う売れっ子になっていた。それでもうっかり調子に乗って生意気な発言をしたりすると、ピシリと叱責されるような不肖の弟子でもあった。そういうときはやはり怖い先生でもあった。それでも学校の危機に際しては多少は頼り甲斐があると思われたのか、第一回生として前後処理の相談にもあずかった。

教育の場で常にタブーとされる依怙贔屓は当たり前だった。「依怙贔屓しない神様みたいな人間なんているわけがない」。絵が上手いとか、熱心で真面目だとか、ではなく、先生が贔屓にするのはもっぱら細い長い脛を持った子に限られていた。

先生に贔屓されないからといって、不満に思う子はだれもいなかった。贔屓にされないならその分デッサンに余計身を入れるようになり、それぞれが良い絵を描くことに集中した。

デッサンの授業の間に階下のサロンでは先生を囲んでコーヒーを呑みながら交わされる会話に花が咲いた。いちばん楽しい時間だった、こういう時の話題が、雑誌の連載エッセイに発展し、やがては著書にまで昇華されてゆくのが通例だったように思う。

あれだけたくさんいた生徒のなかで、セツ先生の感化通りに生きた人間の数は案外少なかったのかもしれない。わたしも「なんだ、お前も結婚なんかしちゃうのか」なんて笑いながらいわれた。

セツ流の生き方を妥協することなく本当に徹底したのは、結局セツ一人だったのかもしれない。言うに易しく、行うに難しいモラリストならではのピューリタンの道だったのだと思う。それでも教え子たちそれぞれが、なんらかの形で生活や人生に影響を受けたことも事実だろう。

生涯にわたって変わることのなかった「若くて可愛いだけの女なんて、もうつまらない」というセツの持論は、今読んでもキラキラして色あせていない。それどころか、むしろ現在の方があのころから後退して、「若くて可愛いだけの女の子」をひけらかすだけの、あるいは追いかけ回すだけの時代に堕落したのではないかと疑われるありさまである。

最後に取って置きのエピソードをひとつ。

セツ先生の没後、わたしはある機会を得て直木賞作家の星川清司氏と親しくさせていただくようになった。

「わたしはねえ、実はあなたのお師匠さんとちょっとした交遊があったんですよ」

「へえー、それは存じあげませんでした……」

「映画の試写室でよくいっしょになるんで、そのうちにどちらからともなく会釈するようになりましてね。一度お茶でもご一緒しませんか、ということになったんですよ」

「アハハ、そりゃ星川先生、僕の師匠にナンパされたんですよ」

そういえば星川先生は見るからにセツ好みのすらりとした長身で、物静かな、そして指の綺麗な大人の男性であった。その後、星川先生も鬼籍に入られた。

「大人の女が美しい」は同時に「大人の男が美しい」でもあったのである。

草思社文庫

大人の女が美しい

2011年4月25日　第1刷発行
2021年5月14日　第6刷発行

著　者　長沢　節

発行者　藤田　博

発行所　株式会社 草思社

〒160-0022　東京都新宿区新宿1－10－1
電話　03(4580)7680(編集)
　　　03(4580)7676(営業)
　　　http://www.soshisha.com/

組　版　株式会社 キャップス

印刷所　中央精版印刷 株式会社

製本所　中央精版印刷 株式会社

装幀者　間村俊一

ISBN978-4-7942-1819-3　Printed in Japan